野地里来，野地里长

叶开 /著

广西师范大学出版社
· 桂林 ·

目　录

童年

　　什么人总会想起过去？什么人总想探寻世界的本源？什么人总想寻找流经童年的那条河？是作家、艺术家，他们不总是往前看，而是想回到生命的源头。总有那么几颗钻石在身体深处、在记忆深处，等待你的发现。

倒挂在树上的童年

一想到童年，耳边就响起罗大佑那首《童年》，在人生的河流中漂起，如一只浮在水面上的纸船。

我一直觉得，《童年》是给我和我的小伙伴们写的。我们在池塘边的榕树上，听着知了叽叽喳喳叫着，看着老师在黑板上写个不停，心早就飞出了窗外，越过了甘蔗林，来到了水塘边。在闷热的夏天，我们从三四米高树丫上，一脑袋扎进水塘里，远处浸水乘凉的水牛背上，漾出一圈圈涟漪。

那些台湾相思树，在池塘边默默地长着，我们也在树上不知不觉地长大。那些童年，我和小伙伴们如一只只丝瓜、南瓜、瓠瓜，顺着粗藤结在树枝上，高高低低，大大小小。攀在大榕树浓密枝叶上，和飞鸟一样起落，栖息，眺望远处那些看不清楚的风景。

在我们的童年，我们有时是鸟，有时是鱼。有时我们伤害鸟，用弹弓；有时我们捕捉鱼，用渔网。我们是草菅物命的小魔王，每天都想着去做伤害生灵的恶事。我们还会手执竹鞭，一路走过，一路挥打，把庄稼和野草打得落花流水。我们沿着碎石子铁路，从铁轨走到铁轨，枕木走到枕木，观察铁轨和铁轨的接缝，测量枕木和枕木的间距。

我们会把洋钉搁在铁轨上，火车驶过，就变成了一把微剑。我们还曾把一分钱硬币放在铁轨上，火车驶过，就变成了薄纸。那时一分钱能买一颗糖，可是一张被碾成铝纸的硬币，却被小卖店的老洪拒绝接受。

一个人永远也走不完枕木和铁轨，也永远走不到小河的尽头。

我曾纠集几个小伙伴，试图探寻我们家门前那条河的源头。这条河两旁排着农田，交叉着田垄，我们探险的道路，有时被竹林阻隔，有时被甘蔗林遮蔽。经过艰难跋涉，我们来到铁路涵洞边。从涵洞穿过去有危险，翻过铁路更危险。涵洞高，很长，两头说话声音要轻，很轻。除非你们是敌人，就像大家都知道的那种敌人，才可以高声喊叫，吓唬对方。我们常常会由朋友变成敌人，在涵洞的两头发起一场场微型战争，互相向对方发射各种石子。铁路上有无穷的弹药，挑选大小匀称、适合投射的石子，兜在背心前，频频发起冲锋，把敌人的脑袋砸出鸽子蛋大包。

如果突然天降暴雨，涵洞就变成了致命的陷阱。不过，从未听说有谁笨到被涵洞淹死，只听说涵洞里有妖怪。大人总爱编这些鬼怪故事吓唬我们，胆小的小伙伴反而平安长大。在周围乡村，常有游泳能手淹死。胆怯的孩子人生更漫长，走得也更遥远。

我们的探险长征，过了涵洞通常就宣告结束了。

有人很想一脑袋扎进水塘里，更多人想追随，并随时可能在水塘里发起一场猛烈的水战。

我的儿童时代，被一些遥不可及的屏障挡住了想象力。西边一座大山，是我们县城最高的山祖嶂。山上主要是杂草和妖怪，但我从未到过那么远的地方。长大之后，我去过很多高得多的大山，却从未攀登过儿童时代的山祖嶂。

父亲说那里是镇海眼，有一天大水会从海眼里涌出，淹没世界。挪亚方舟停在亚拉腊山上，过了七七四十九天，大雨才停住，风才吹拂起来，这个故事跟父亲讲的有些相似。父亲讲未来的洪水。那些洪水为什么会到来？是人类的罪恶又积累到不可饶恕了么？

一本书说太阳系有一颗神秘的第十二天体。这颗尼比鲁星体积是地球的四倍，那里的高智慧生命身高也是地球人类的四倍。尼比鲁星每隔三千六百个地球年就会回归一次，从火星和木星轨道间庞然穿过，引发地球的大地震，北极冰洋会融化，南极冰原会坍塌，大洪水会扑向欧亚大陆、美洲大陆，吞没一切。那时，尼比鲁星巨人会乘着宇宙飞船来到地球。四十六万年前，他们就来过地球。那时，地球上还没有智人，矮小的尼安德特人在欧洲大陆生存，有智慧的类人猿在非洲大陆行走。那个世界，与我们现在看到的完全不同。

我在一次儿童阅读讲座上问，什么人总会想起过去？什么人总想探寻世界的本源？什么人总想寻找流经童年的那条河？是作家、艺术家，他们不总是往前看，而是想回到生命的源头。总有那么几颗钻石在身体深处、在记忆深处，等待你的发现。

我的童年时代，如丝瓜一样挂着，风雨淋着，太阳晒着，这么自然而然长大。没听说过补习班，不记得做过什么作业。

我老家在雷州半岛一个只有十几户人家的小镇上。一条黄泥路像瓜藤一样趴在铁路南边，居民的泥砖房屋错落在路的两旁。小镇一、四、七是赶集日，这时圩市往来之人多如过江之鲫，喧闹之声直冲云霄，各种物产琳琅满目，耍把戏的手艺人引起阵阵喝彩。这也是我们的节日。

小镇平时安静得让人紧张，连话都不敢大声说。路北的夏振国家摆杂货店，他儿子夏红光天天有糖吃，不到九岁，牙齿就全蛀光了。他女儿夏红梅是我们班同学，夏红光也是，但兄妹俩从来不一起上学。夏家一吃肉就大声发笑，连路南的张六家都听得见。张六和老婆都是瞎子，他们家纺麻绳，月光下心灵手巧，小孩子到处乱跑，个个都眼明手快。

在坡脊这样的袖珍小镇，我们竟然也拉帮结派，斗个"你死我活"。那时我们不过六一节，就是在街上跑来跑去，相互打闹追逐，消耗无穷无尽的精力，打发没完没了的无聊光阴。

童年时代，时光那么漫长，那么难熬，长大需要那么久。可人到中年，时光飞逝，时间哪里去了？

小伙伴中，夏红梅是中间派。她眼睛很大，性格内向，神情忧郁，不爱说话。我从小喜欢她，现在连她的样子都忘记了，我还喜欢她。也许这就像记忆深处的一棵小草，结着露珠，照亮了我返回童年的小路。

小镇上动物真多,猪啊、狗啊、鸡啊、鸭啊,都在黄泥路上闲逛。除了惹是生非小猴孩,还真是旁若无人。我们一出现,动物们就四散而逃,长得比狗还精干的猪们跑得比鸭子还快。只有大白鹅不动声色,静候着我们的到来。但我们全都吃过亏,知道大白鹅有多厉害。体型庞大的大白鹅,长脖如一根扁担,头如铁锤,嘴如钢锥,被啄一下,重则骨折,轻则红肿。夏红光屁股遭过大白鹅打击,一个可疑黑斑印在他的瘦屁股上,如耻辱印记,成为他的梦魇。为此,连下河游水他都不肯脱裤子。

然后,我们就这么突然长大了,连我的女儿也不再是儿童了。

有一天在华东师范大学校园里走,看见路边那几棵熟悉的梧桐树,女儿疑惑地问我:"爸爸,爸爸,你真的能爬上去吗?"

我伸手够了够,发现够不到分叉处,又跳了跳,发现身体肥胖,已经没有了弹性。我自己也迷惑起来。毕业二十多年,比我年纪大很多的梧桐树竟然也长高了。当年我们这些大学生穷极无聊,每天晚上翻墙出去喝酒,喝完回校就借酒唱歌,一直唱到把保卫处的人都招来,这才停止夜晚的狂欢。

窗外,一阵大雨飘过城市的上空,掩盖了整个城市,也掩盖了我的记忆。

记忆树

我的家乡位于中国最南端的雷州半岛。

雷州半岛自古籍籍无名，远离中原，位置偏僻，人迹罕至，乃瘴疠之乡、化外蛮地。我的家乡毒虫横行，荆棘茂密，冬天打雷，夏天刮雨。

回忆故乡风物，我脑子里不断浮现这种夸张荒诞场景。有些场景细腻真实，有些场景夸张变形，根据自己的立场和需要，这些想象事物不断变化，适当减少或增加。

在我的记忆中，很多场景浓缩了，夸张了，省略了，拉长了。大片的甘蔗林、菠萝丛、荔枝树、龙眼树、芒果树、杨桃树，点缀着记忆中画面，乡人、牲畜和家禽穿行其间，由点及面，渐渐显现。我家那五棵番石榴树，就这样枝叶婆娑地穿越层叠迷途。

这是五棵枝繁叶茂的番石榴树。

在我家乡，叫作番桃。我出生前，这五棵番石榴树已绿枝蔽空，把我家门前空地拢成一座绿色城垣。

这五棵番石榴树仿佛开天辟地时就存在了，是我的原始森林。还没有学会爬行，我先学会了上树。尚未直立行走，已经归真返祖。

二十世纪七十年代初，我们三兄弟都是树上猿猴，俗称马骝，上树攀墙如履平地。前肢比后肢发达，攀上爬下，立体地探索世界。

上大学，读卡尔维诺《树上的男爵》，我心领神会，内心愉悦。上小学后，我逐日行走在庸常平地，被各种规矩呵斥塑造成了一个四肢短小的圆球；到高中毕业时，身体单薄，意志脆弱，瞻前顾后，胆小怯懦，早已经丧失了攀爬能力。不然，我将会霍然而起，爬上宿舍门前那棵法国梧桐树，以猿猴祖先的敏捷姿势，向周边的一排排树跳跃，在两旁的行道树上旅行，走遍上海每一个角落，然后沿着吴淞江逆流而上，绕着太湖转一圈，继续西去，途经古老的云梦大泽，攀上巍峨世界屋脊之巅。希望这些地方都有森林，有大树。我可以从古代撒马尔罕的金桃树上跳过，顺着亚美尼亚葡萄树藤，一直荡到欧洲大陆南端小靴子状意大利半岛。我将会悬挂在一束葱郁的橄榄枝上，如小说中写到的格林纳达的树上民族，向卡尔维诺这位万里之外的文学天才唱赞歌。

我当时忽有奇思，顿觉古今中外好作家，灵感都从孩童时代攀在树上而起。

在树上，我们自由自在，超然三界外；下到平地，就左牵右掣，胆战心惊。

在树上，我们是孙悟空；到地面，我们成了沙和尚。

我父亲每天晚上都会在这五棵番石榴树下，一边吸着水烟筒，一边给我们讲古代英雄。

他就像那十世轮回金蝉子，就像意志坚定口舌生花的唐僧，在西去取经的十万八千里路途上，一刻不停地叨叨不绝。我们兄弟三人是孙悟空、猪八戒、沙和尚，那条摇头摆尾、眯着眼睛的大黄狗，是白龙马的变身在旁边听八卦。

唐僧徒弟四人组，最听话的人是外表粗糙、满脸腮胡的沙僧沙和尚沙糊涂。我插嘴说，老豆老豆①，他不是人，他是妖。

妖也是妖他妈生的。我父亲总结说，人不可貌相，海水不可斗量。

他老人家嘴巴里，一套一套的，都是淳朴古训，金玉良言。

父亲用竹竿、竹篾和铁丝，给我们在树上搭了一个棚。在树上，我们模仿电影里的革命儿童团，白天放哨，晚上睡觉，过着孙猴子般优哉生活。饿了，在番石榴树上采果子吃；渴了，用吊桶从树下的小溪里汲水；困了，在树上睡觉；闲了，在树上思考；憋急了，在树上撒尿。

三十年后，被平地各种规矩打磨成了中年男人，我假装沉默寡言温良敦厚，只在温风细雨的夜晚，给女儿讲小时候在树上的生活。

---

① 粤语称父亲为老豆。

在故事里，我的哥哥变成了身手敏捷的猴子。他从五棵番石榴树出发，荡过低矮的黄皮果树，来到院前高大龙眼树上，四处张望，心思荡漾，目光越过临街卖日用杂货的夏振国家门前那两棵台湾相思树，跳到龙平大队队部办公房前的大榕树上。他一直向北，在那些高高低低波罗蜜树上沾了满手满身黏液，消失在无边无际甘蔗林里。他在甘蔗林中间断续探身出现，在高处桉树、桑树和黄楝树上，找到了一条通往龙平小学的神秘树道。

女儿听得津津有味，不断地催促我讲讲讲。

她不知道这个故事的鼻祖是卡尔维诺，我只是一个抄袭者。我的想象力，在双脚踏上地面之后就蜻蜓般飞走。

一九七六年似乎全国都发生了大地震，我夹着看不见的尾巴从树上下来，痛别猴子一样快乐的时光，故事进入了循规蹈矩的学堂。若非如此，我的人生可能会展现另一种辉煌——我将会在树上发育，在树上长毛，在树上恋爱，在树上结婚，在树上养育一群小猴孩，占树为王，每天上蹿下跳，吃梨摘桃，消遣悠闲时光。

这是猴孩对猴王生涯的终极向往，那真是一种神秘而美好的理想。

大地震之后，我到了上学年龄，不得不从树上下到地面，学会直立行走，像大人那样世俗地思考，学祖先们那样钩心斗角。慢慢地，我的身体就不灵活了，我的脑袋就生锈了。

这是地面的限制，我的脑袋必须惊险地顶在细小的脖颈上，就像是顶着一只随时都可能滑落的水罐。脑袋位居身体的峰巅，产生了一览众山小的狂妄。在树上，我们常常双腿夹着树枝，倒挂着看世界，倒着思考问题，这样，很多大人以为是无法解决的问题，我们全都觉得易如反掌。

我们眼中，远处走过来的村支书像是爬行在农田里的螃蟹。一头牛倒着在田间吃草，几只鸭子倒着划水，一列火车倒退着呼啸而过，番石榴树倒着生长在云的土壤里。

为遵从番石榴树树枝自然状态，看到一颗熟番石榴时，我们是小心翼翼地把嘴巴凑过去，而不是扳过来，更不会折树枝。在我们的树上世界，生存空间充满可能性，从一棵树可以扩大到整个丛林。

在父亲的少年时代，三四十年代的雷州半岛是一片无边无际、葱葱郁郁的热带丛林。丛林如巨浪翻滚，从雷州半岛顶端海康、徐闻席卷到遂溪、廉江，沿着北部湾，从合浦、北海、防城蔓延到广西十万大山，与云贵高原浩瀚原始森林接合无间，向南进入越南峻岭。那个时期，一只来自西双版纳的猴子可以顺着森林从半空中一直游逛到雷州半岛，依靠漂浮在水面上的一只椰子、一截朽木，渡过琼州海峡，在高大椰树林里奔跳，深入五指山腹地，采补天地日月之精华而修仙成功。我父亲嘴巴里沾着蜜说，在他少年时代，森林里无所不有，地上无所不产。水里是游鱼，天上是飞鸟。珍禽异兽闲庭信步，奇花异果迎风飘摇。

那个时代还有老虎。老虎慢慢地穿行在森林里，有时遇见一只青蛙，有时遇见一朵云彩。还有一次，我父亲说，溶溶月色之夜，他看见老虎蹲在湖边，镜子般反射着月光的湖水无声荡漾，照见湖边的芦苇和昆虫。

"老虎就蹲在湖边，举着掌，拍青蛙。"父亲说，把水烟筒吸得咕噜噜响。

此处应引徐志摩翻译的英国大诗人威廉·布莱克名作《猛虎》：

> 猛虎！猛虎！火焰似的烧红
>
> 在深夜的莽丛！

简直就是为我父亲深夜讲述老虎而写的诗句。

那个时候，我父亲抓两篓鱼去集市卖掉，就够交一年学费了。

我的少年时代，从家门口顺着梯度一直朝河边滑落的稻田里，也悠游着无数色彩斑斓的小鱼，大大小小，在田头水洼处摆尾。河汊中，鲶鱼、鲫鱼、鳝鱼、黑鱼，在看不见的水底游动。我们父子四人把妈妈、大姐和二姐留在家里，背起铁锹、鱼篓、戽斗、簸箕、水桶、斗笠，以比去西天取经更多的装备，一大早就出发，沿着门前小河往上游走。到小水库边，挖起草皮壅塞河道，断流放水，做那竭泽而渔的快活营生。然后，我们顺河而下，往回家的方向一路围剿，捕捉泥里的小鱼小虾，一直抓到自己家门口。

那时，我的人生还没有时间表，也没有日历，不知道在什么确切的时候发生了什么确切的事情。我的记忆如同纱布，把体积大的砾石都过滤出来，堆叠在一起。一个猴子，是不记时间的。石猴在花果山水帘洞，整日里也是上树下河，吃喝玩乐，不知过了几百年，忽然想到什么，突然悲从心中来，落下眼泪，弄得猴子猴孙们大为慌乱。

对我这样的猴孩来说，只有上了学，人生才开始有了时间。但上了小学，猴孩必须夹起还没有来得及长出来的尾巴，学着人样，坐在板凳上，眺望教室窗外的风呼呼吹动蔗叶。

龙平小学坐落在一片无际的甘蔗林中间。

为了预防五千里外的唐山大地震，我们学校也搭起了好几个防震棚。毡木结构，简单易行，值得推广。人们先在空地四周竖起碗口大的树干，顶上架起小腿粗的横梁，梁间钉上巴掌宽的椽条，椽条上铺设蔗叶编成的篱笆，篱笆上覆盖沥青毡，再钉上竹条压实，避免被龙卷风刮跑，事就成了。这种防震棚挡水、隔热、防震，设施简陋，但功能齐全。防震棚四围，是用稻草秆糊上黄泥浆，搭在竹竿上编织而成，风干板结后，就成了貌似结实的屋墙。黄泥稻秆屋墙，徒有其表，败絮于中；不能避雨，只能遮风，更不能承受我们班上小坏蛋们的飞腿神功。不到两个月，稻秆糊弄的泥墙就千疮百孔、四处漏洞。

大地震没在担忧中到来，屋顶上渗透而下的是米线雨丝、是雷声轰隆、是跳跃青蛙和蜿蜒爬虫。

我看着渐起青苔的屋梁，油然生出上树的热望。

放学路上有一排泥砖房，装满了生产大队的库粮。房前，蔓延着七八棵枝叶婆娑的大榕树。

这些大榕树气根庞杂，枝叶蔽天，以脉脉隐语，呼唤着我的返祖冲动，让我翘起看不见的尾巴，跃跃然就要上树。我和几个同样尾巴痒痒的同学，操着谁也听不懂的猴言猴语，一拥而上，迅速地攀到了树巅，把身体探出树叶之外。在二十几米高的树巅，我们猴爪荫眼，极目远眺。极远处的稻田、树林，和神秘蜿蜒、不知道终点在哪里的黄泥小路，构成了人生记忆中神秘的地图。遥远的终点之外，云烟缭绕，是传说中镇住海眼的巍峨山祖嶂。

我从小学一年级开始到五年级毕业，脑子里都跃动着去山祖嶂探险的念头。这就是我的雷州半岛家乡，有山有水，有云有雾，还有一群正在退化、学习中土言语举止的取经猴孩。随着年纪的增长，我们的脸上蒙满了惆怅。

但番石榴树才是我的乐园。

后来我才知道，拉美作家加西亚·马尔克斯也喜欢番石榴树，马尔克斯家的番石榴树跟我家乡的并无不同。我的故乡天气闷热多雨、雷鸣电嘶，蚊虫繁多，故事离奇，跟南美哥伦比亚的丛林，想必也没什么差别。

马尔克斯写外婆讲故事妙语连珠，我的父亲张嘴就能把稻草说成金条。

我父亲和马尔克斯的外婆都拥有一张慈爱的脸。

傍晚时分，夕阳柔软，霞光满天，轻风细语，鸡啄狗舔，是一天中的缓慢时光。

我不必描写乐园之外那些漠漠水田，也不必形容那些扛着犁把赶着水牛悠悠归家的农人，我的全副注意力，都落在了我父亲的身旁。讲故事前，我父亲会点燃一束大腿那么粗的稻草棒，以腾起浓烟驱赶蚊虫的同时，熏得我们咳嗽不止流泪不已。父亲的故事还没有开始，神秘的气氛已经浓烟密布、波澜纷起。父亲坐在小板凳上，左手亲昵地扶着水烟筒，枝条炭火的微光在古铜色的脸上跳跃，一口浓烟从嘴角袅袅飘出，一丝和蔼笑容从脸上油然升起。

小狗在远处徜徉，鸡鸭于近旁徘徊。就着这种温婉气氛，父亲摆起龙门阵，笑言谈古今。

我父亲是讲故事的行家里手。他会讲各种历史故事：薛家将、杨家将、岳家将、呼家将、水浒一百零八将、布下八卦阵专捉飞来将。他随意杜撰，信口开河，色彩纷呈，高潮迭起。这种波涛汹涌的气势，一举淹没了世界地图上金华火腿形状拉丁美洲那暧昧的气氛。我没有加西亚·马尔克斯那样的才华，但我有加西亚·马尔克斯外婆般能说会道的父亲。在我的记忆中，我父亲的故事有黄昏的味道，有熟烟丝的味道，有稻田的味道，还有暴风雨的味道。

在番石榴树下令人陶醉的气氛中，我父亲完全把薛平贵、薛仁贵和薛丁山这三个人物搞混了。父亲嘴里混淆了的薛平贵和樊梨花的故事，但讲得比收音机里说的书还要曲折精彩，悬念迭出。在我父亲的讲述中，薛平贵是一个充满喜剧色彩的大将军。他奉命率领大军西征，来到寒江关，被阻挡在外不得其门而入。他绞尽脑汁，想出各种天花乱坠的点子，一次又一次地进攻樊梨花，每次都铩羽而归。他不断地拜师学艺，反复地找樊梨花比试。一开始，他总是显得武艺高超，英雄了得，把手上的大刀舞得像车轮一样水泼不入，呼呼风声地动山摇，敌我双方的士兵闻之色变听之丧胆。然而，娇滴滴嫩生生的大家闺秀、千金小姐樊梨花不慌不忙，每次都是甜美地微笑着，等薛平贵一套高超的刀法舞完，拈起万能的梨花枪一捅，就把这个牛皮烘烘的薛平贵挑下马来……

故事里年少英俊薛平贵，实际上应该是薛丁山。他最终被樊梨花打得丢盔卸甲抱头鼠窜，惶惶然如丧家犬。神机妙算徐茂公从长安含旨而来，右手五个指头轮流掐，掐得薛丁山眼花缭乱，左手捻着雪白的胡须捋，捋得薛丁山头昏目眩，最后，徐茂公智慧的脑袋想出了绝妙高招：向樊梨花求婚！

这才是父亲故事的美妙核心所在。

由此可见，雷州半岛纵然山高皇帝远，故事出没仍只在帝王将相间。我父亲少年从军，去广西十万大山剿过匪，到福建厦门前线开过炮，在增城品尝过千年挂绿荔枝，在广州聆听过粤剧皇后红线女的天籁歌喉。在我家乡，父亲属于见过大蛇拉屎、巨蟒吞象的不凡人物，我对他的敬仰如滔滔江水绵绵不绝。每到夜阑更深，我们这些猴孩将要进入梦乡时，父亲就会出现在生产大队队部门前，几个大人围在汽灯旁打扑克牌。黑夜犹如淤泥一般，把汽灯光和他们说话的声音挤仄在一个椭圆形的空间里。远远望去，他们身体好像画影，他们的声音类似蚊鸣。

雷州半岛的白天和黑夜，向我显示了截然不同的两种特质。

白天沉闷呆板，夜晚则妙趣横生。白天是苦劳的时间，夜晚为传说的天地。

在夜晚时分潜入记忆深处，我才能闻到故乡那种番石榴和芒果熟透了的甜腻气味。

夜晚，我们的思维开始活跃，我们的四肢渴望跳动，我们的大脑无比清醒，我们的情绪特别兴奋。在夜晚，蛙噪虫鸣，我们行进在田埂小路上，就像游击队战士一样悄无声息。夜晚的雷州半岛更加真实，也更加活跃。在我们的家乡，打雷刮风下雨之后的夜晚温馨而甜糯，这种夜晚像徽墨一样漆黑、油亮、滑腻。在这种夜晚入眠，就如同裹在黑糯米里的肉馅一样酥烂。

在城市里，我已经享受不到真正的夜晚了。

城市里灯光的骚动，噪声的嘈杂，内心的烦躁，精神的空虚，使夜晚千疮百孔。这样的夜晚，是梦游症患者的家园，是流氓阿飞的乐土。脑满肠肥者目光迷离，贫困潦倒者精神焕发。这样的夜晚，会让人颠倒黑白，口是心非。

我于是明白了，我思念我的雷州半岛故乡，实际上是思念雷州半岛的夜晚。我需要那样一种光滑、平静、无拘无束、无忧无虑的夜晚，在那样一个夜晚，我才能够像一条泥鳅一样，钻入黑暗的最深处，回到梦乡的源头，让所有破碎的记忆平复如初。

雷州半岛虽然地处偏远，但也称得上河汉纵横，湖泊密布，不是水乡，比肩水乡。鹤地水库有太湖之浩渺，无名小河涌长江之巨浪。飞禽走兽有之，鱼虾蟹鳖不少。

　　我家坐落在比芥子还要微小的坡脊镇上，门前有一条小渠，七块由小渐大的稻田渐次铺开，青蛙们连跳七级，就能跃到一条无名小河旁边。

　　这条小河平时细流涓涓，清澈见底，温婉动人。左边是上游，有独木桥飞架南北小堑。桥下水流平缓，水势阔深，水草绕岸，水波不惊；河中黄沙铺底，软泥镶边，蚂蟥绝迹，水蛇稀见。猴孩麇集兮，赤身裸体；下河戏水兮，无羞无耻。右面是下游，高耸着一座石拱桥。石头是真石，崎岖不平；拱桥是真拱，坡陡人惊。桥下石头塞道，水沙相杂。石头下面，是外表凶悍内心柔软、皮甲粗糙肉质鲜美的螃蟹们的温柔乡和安乐窝。

　　一旦刮风下雨，这条无名小河就会瞬间变色，波涛汹涌、铺天盖地，凶狠地扑向我家门口，打着野蛮的呼哨，腾涌着吓人的漩涡咆哮而去。黄浊的浪尖上翻滚着各种木材、树枝、鸡鸭鹅及猪狗羊。附近的村民蹚水聚集到石拱桥上，兴奋地大声尖叫，不怕死地跃入洪流打捞各种物资。在波涛汹涌中，只有那座鹤立鸡群的石拱桥，还显露在洪峰梢头。石拱桥两头连接的泥路，已经淹没在齐膝深的水下。

　　这是一条双面的河。温柔时是娇娃，狂暴时成猛虎。对于河底下的那些螃蟹而言，平缓的水流和惊涛骇浪都不过是一种幻影。它们潜伏在河底下，任你雨打风吹，都看作涓涓细流。

　　当然，这仅仅是我的想象。

　　我非螃蟹，安知螃蟹之喜怒哀乐哉？

　　我一直不喜欢螃蟹。既不喜欢看，也不喜欢吃。

不喜欢看，是见不得它的横行霸道。不喜欢吃，是懒得费劲碎其壳吮其肉。我尊敬螃蟹横行霸道时的牛皮烘烘，叹息螃蟹煮熟蒸烂后的面红耳赤。螃蟹也像我家门前的无名小河，拥有两种截然相反的特质。

我们芝麻小镇坡脊只有十几户人家，杂货铺、糖果铺、修理铺、供销合作社、小饭店、缝纫店、税务所、牲畜交易场样样都有，可谓麻雀虽小五脏俱全。小镇只有一条黄泥大道通衢东与西，干燥时温软细腻黄沙飘逸，下雨时粗糙泥泞浆水横流。黄泥小街西头有一家居民，姓张，排行第六，大家都叫他张六。张六夫妻都是瞎子，心灵手巧，以编织麻绳为生，生养了三个四肢健全、五官端正、心思缜密的孩子。

张六是抓螃蟹的高手。傍晚时分，他常让儿子牵着手，来到小河旁。

张六用麻绳束腰，以竹竿探路，下到小河里，进入自由广阔的个人天地。他缓慢而坚决地行进在或湍急或平缓的水流中，沿着大小不一的石头行走。他知道螃蟹都喜欢栖息在大石头下面，摸到一块石头，就有如抓到了螃蟹的尾巴。摸蟹时，他闭着合不上的眼皮，翻着看不见的眼珠，面孔略微朝向天空，表情淡然，神态悠悠，似乎非常不屑于摸蟹这种宵小之事。他双手顺着石头的边缘像蛇一样缓慢地下探。他有一双粗糙敏感的大掌，对螃蟹手到擒来。擒来就塞进一个宽进口、细长脖子、里面逆编了竹篾以防止螃蟹爬出的专业竹篓里。他偶尔也会失手，被螃蟹张开大螯突然钳住，痛得嘴角抽动,眼珠子乱滚。但他处变不惊,不吵不闹,情绪稳定,伸出另一只手,捏住螃蟹的背壳,轻轻抚摸,待螃蟹精神不再紧张,松开大钳之后,稳稳地塞进竹篓里。他的手有一种鱼饵般的功能,我甚至怀疑,他抓螃蟹就是用这种以指为饵的笨办法。

然后,他举着流血的伤手,缓慢而又坚决地涉水向前,伸手探向另外一块石头的底部。

夕阳下,他脸上的诡异表情,惨烈的抓蟹动作,伤痕密布的双手,犹如一幅凝练的油画,在我的脑海里历久弥新。

小时候井中观天,以为普天之大,只有我们家的小河才有螃蟹。求学出门看世界,才发现到处都是横行的螃蟹。但是我对这些螃蟹们的态度还是一样的,不喜欢看,也不喜欢吃。螃蟹就是这样一种动物:平时脸色乌青、凶神恶煞,放入锅中,则面红耳赤、骨酥肉烂。

螃蟹即使被煮熟了,面红耳赤地摆在面前,我仍然不能正视它们的眼睛。威风惯了的螃蟹,虽然已经身陷杯盘,仍然一副死不改悔的凶悍。只有把它的背壳掀开,这才能显示它们内心的软弱。

张六那时候抓的螃蟹,自己不舍得吃,煮熟了全都留给三个狼崽般的孩子,他并不知螃蟹的滋味。

开饭时,他坐在旁边,喝一碗稀粥,咬一口腌黄瓜,心满意足地微微仰着脸,听着旁边传来的撕咬声。

他不舍得下口吃螃蟹,螃蟹倒是常常对他进行咬嚼。第一个被螃蟹吃的人,比第一个吃螃蟹的人还要令人敬佩。

张六多年前就去世了。

我家乡那条汹涌多变儿女情长的小河，也早已枯燥乏味偃旗息鼓。

在石头下沉思默想的螃蟹，想必也早就逃离了这个混浊的世界。

前年我回老家，背着女儿寻访旧居。一条凶猛的柏油马路，劈开了当年记忆中的迷雾。

路边密布着废弃垃圾袋，我沿着依稀熟悉的风物，迟疑地向前走，最后找到了被野草和垃圾包围的老屋。一个五十多岁的大婶疑惑地看着我们这两个不速之客。老家的五棵番石榴树早已不存，代之以几棵瘦弱的小树，有气无力地在风中摇摆。老房子周围一片破败，极目之处尽皆凋零。蔫头蔫脑的鸡鸭无精打采，老迈的母猪哼哼唧唧。各种垃圾宛然充塞，难闻的气味飘荡在空气中。我惆怅地看着这片少年时代曾经精彩纷呈的天地，羞愧地拍了拍背后的女儿。

女儿捏捏我的肩膀："爸爸，我们走吧……"

我默默地穿过同样破败不堪的龙平大队队部平房，脚底下传来"咯吱咯吱"的声响。女儿说："爸爸，我不喜欢你的老家……"

走了一段之后，她又兴高采烈地一拍我的肩膀，大喝一声："驾！"

就这样，我在二十多年后重返故乡。当年桀骜不驯的野猴子，已经变成了一匹驯良的跛马。

会飞的鱼

小时候父亲带我去钓鱼的经历，让我记忆中充盈着温暖。

我们家乡河汊里生长着各种奇异鱼类，每一种都美味异常。生鱼则是美味中的美味。

生鱼又叫黑鱼，口长齿利，在南方河湖游弋，是凶猛的掠食者。生鱼不怕鱼钩，它们的利齿能轻松咬断钓丝，连饵带钩生吞。钓鱼时碰到生鱼最扫兴——浮子突然下沉，你满心欢喜猛拽钓竿，结果手上一松，什么也没剩下。那时代，鱼钩也珍贵，被白吃蚯蚓不算，最可恨的是鱼钩被吞了。

我父亲对付生鱼有独门绝技。

钓生鱼一般在夜里。晚上九点钟，乡村已人不出户、狗不吭声，夜色如淤泥般淹没了一切。闷热的夏天，地里虫子也不响了。只有青蛙呱叫起伏，显得田野空旷，乡村寂寞。

青蛙爱在稻田和菜地里活动。蕹菜田是青蛙们的乐园。

渐渐深刻的夜晚，夜色如墨汁般流淌在我们身上。我提着小煤油灯跟在父亲身后，走在弯弯田垄上。弟弟已睡着，哥哥也不愿动。整个世界只有我和父亲两个夜游神，在沉默中撞开夜浆，慢慢地行走着。小煤油灯发出的微弱光线被夜黑吞没，乡村夜晚被映衬得更加漆黑。父亲似有一双夜的眼，能看见脚下的路。他肩上扛着一堆竹钓竿走在前头，我赶着步子跟在他身后，来到一片蕹菜地旁。父亲挑出一根短钓竿，钩上挂点吃饭时剩下的碎肉，让我握竿钓青蛙。

钓青蛙不用弯钩，用大头针、回形针，挂点肉探到蕹菜上方，悬空轻晃。青蛙的眼睛在夜里更敏锐，对快速移动的物体看得一清二楚。它们跳起来吞食诱饵，一口一个准，其弹跳力之强，吞噬动物之准确，让人惊叹。但这正是我们设好的圈套。

我执竿子摇晃诱饵，不一会儿就有青蛙上钩了。

青蛙在夜的泥沼中跳起，准确地咬住钓饵。我两手突然感到一沉。

钓青蛙动作要快。手一沉，就要往上提，把这倒霉蛋从蕹菜地迷你型森林里拽出来。

我父亲左手操着一柄网兜，右手撬亮手电筒照着蕹菜地，以及我轻轻晃动的诱饵。

钓竿一沉，我就往上猛拉，中招的青蛙被连根拔起，在空中舞爪，兀自不肯松口，下身两条肥大腿被拖得很长，一副舍命贪婪的馋相。整个过程持续一秒钟，青蛙发现情况不对会立即松口，企图落回蕹菜地。但手执网兜、静候在旁的父亲此时已闪电般将网抄在吊钩底下——青蛙一松口，落入罗网中。

很快，就钓到了十几只青蛙。

我们带着青蛙，扛着钓竿，来到小河旁。

我们坐在潮湿的草地上，父亲把青蛙剥皮、做成钓饵后，和我一起把钓竿每隔两三米、一根接一根地插在泥岸边。大概呈六十度仰角，钓线很短，钓钩上血淋淋的剥皮青蛙悬在水面上空半尺，显得残酷地美味。一字排开的十几根钓竿，用手电筒照去，在夜黑中显得非常神秘。

然后，我们就回家了。

凌晨四点父亲就会起床，赶往设下钓钩的河岸，回收钓竿和钓到的生鱼。

有天晚上，我请父亲第二天清晨无论如何都要把我叫醒，我非常想跟他去收钓竿。我亲眼看见凶猛的生鱼因为贪婪，跃出水面吞咬青蛙，被钓钩挂住而无法逃脱。残暴的掠食者上半身悬在空中，咬颚不能着力，咬不断钓丝，就这样成了贪婪的牺牲品。父亲以此巧妙地捕获了难以捕捉的生鱼。

这可怕的掠食者居然能跃出水面半尺高猛咬剥皮青蛙，可见它们之凶恶。偶尔有钓竿插得不够深、不够牢固，还会被生鱼猛力扯松，落到河里。生鱼回到水里恢复了无穷猛力，咬断钓丝胜利大逃亡。可怜的钓竿孤零零漂在水面上，或被冲到下游不远处水坝旁。那些生鱼，在凌晨熹微光线中消失无踪。如父亲所说，是飞走了。

在我家三兄弟中，捉鱼我是最手笨的，我哥哥擅长掏洞抓黄鳝，我弟弟有抓塘鲺鱼的绝活。

一个夏天傍晚，我们三兄弟在稻田土垄旁徘徊，寻找可能是黄鳝窝的洞眼。

那些斜口向上二十几度，汪着一泡泥水的洞可能是黄鳝的穴地。找到这种洞后，稍加分析，我哥哥会把手捏起来慢慢伸进洞里，一直入到臂弯处。他稍停顿，似乎在摸索，然后顺时针转动，慢慢拽出来。他的手上，卡捏着一条滑腻腻的、几乎不可能捏住的黄鳝。

这时，我弟弟忽然欢呼起来，他也发现了一个洞眼。

我哥哥睃了一眼，摇头。

我弟弟说："你掏，你掏一下。"

我哥哥是高手，善于判断稻田边的小洞。他知道哪些是汪着水的鳝鱼洞，哪些是干着洞口的水蛇洞。他怕摸着水蛇，不会冒失地把手伸进可疑洞穴里去。

"可能不是黄鳝……"我哥哥说，他用拇指和食指比了比洞口大小，再让我弟弟看，"洞口里没有水，斜度也不对……"

"一定是黄鳝，"我弟弟说，"你没胆吗？"

我哥哥无奈，只好把手塞进去。跟往常一样，他试图转动胳膊，但洞口干燥，转动不灵便。他费了好大劲才再转出来。洞口太干，他很吃力，脸上表情古怪。

我们都很期待。

终于，他的胳膊出来了，手里捏着一条吐着信子的水蛇。

　　我弟弟吓得尖叫一声转身就跑。我跟着也跑。我哥哥把蛇一扔，转身也跑。他跟在我们后面，边追边骂。

　　很快，我们就忘记了水蛇的恐怖，挨个扎进河里，消磨闷热的夏天。

　　那是上小学前的一个夏天，快乐很短暂。

野地里来，野地里长

今天是母亲节，我想到在雷州半岛老家的母亲。

母亲年近八十了，托赖上苍，仍然精神抖擞，身体健康。

母亲姓黄，出生于我们县城附近上县村。黄姓是当地大姓，母亲五十年代初读到初中毕业，是货真价实的知识分子。她曾在红江农场做过小学老师，算得上是识文断墨、吟诗作赋的小能手。她做小学老师时只有大姐出生，之后，我父亲就做出了一件大事。我们这些排在后几名的孩子，当时还只是梦幻泡影，未能赶上母亲做老师的时期，亲炙伊的上课妙音。

现在看着母亲的样子，很难想象出她做姑娘时候的模样。每个人都年轻过，但是在孩子眼中，妈妈总是老了的那个样子，仿佛我们一出生她就老了，定格在老了的样子里，不再变化。

以母亲的温和脾气，对小学生们大概也会很温和。

我们老家山高皇帝远，什么事情传到那儿，都要一年之后，似乎是刮风，要过很久，才刮到我们那里。"大跃进"也是这样。北方那些先驱省份都快要跃不动了，我们家乡才反应过来，开始准备"跃进"。

那个时期，湛江地区专员张民德是大领导，他响应号召要放"橙子高产"卫星，于是亲自到我父亲任场长的红江农场动员，布置农场工人砍掉橙子树主根，据说这样就可以促进果树高产。不知道这毫无常识的谬论是从哪里来的，一个地区主管领导竟然能相信，可见当时人们的脑子已经疯狂到烧坏掉了。

父亲在动员会上就忍不住了，反驳说，函家产，讲乜鬼①！橙子树的主根就像人的脑袋，砍掉你的脑袋，你能高产吗？

父亲犯了大忌。他一个芝麻绿豆大的小官，本该唯唯诺诺诚惶诚恐，却在公开场合公开顶撞大领导，悲催下场是显而易见的。我父亲当即遭到了张书记呵斥，然而父亲不服甚至反驳。双方当众争吵起来。

父亲早年参军，经历过战争和流血，见惯了死亡和生命的脆弱。他虽然没有受过高等教育，但是对人类的命运之类问题有直接感受。他脾气耿直，看不惯社会上胡整。在部队时，他所在的师政委动员大家把几十亩农田里已经抽穗的稻谷拔出来堆在一起，准备放高产卫星，亩产水稻十万斤。父亲是农民出身，说这么多稻谷堆在一起简直是胡闹，要是能产谷子，我把手掌切下来给你们吃！话

①　方言，"混蛋，说胡话"之意。

音刚落，师领导就发怒了，他立即被撕掉领章，关了禁闭。后来，那块堆满了已经抽穗的谷子的稻田果然发烧了，师政委调来了十几台电风扇，每天给稻田里的稻谷吹风；夜晚，则拉来了几十只一百瓦的灯泡，给稻田里的稻谷人工制造光合作用。

然而，十几天后，稻谷还是烂掉了。

父亲被放出来，没有得到任何表扬，反而遭到二度训斥。

领导说：水稻是死了，但是你公开反驳领导的做法是错误的。

话说，江山易改本性难移，父亲转业到地方，做了红江农场场长，仍然是那个脾气。他和张民德吵起来后，据说一时性起，把张书记打倒在地上，按着扎实地狠揍了几拳。这之后，他知道自己在农场混不下去了，居然一冲动之下离开农场，带着母亲一起星夜"走佬"，也就是逃了。

可能是张书记比较大度，没有追杀到底。反正我父亲和母亲自谋出路，已经算是彻底地失去前途了，痛打落水狗也没什么意思。张书记可能忙着继续在大会上豪言壮语做动员，发誓要放"橙子高产"卫星上青天。结果，整个农场的橙子树，全都死了。

"文革"到来了，永远正确的张书记也作为当权派被打倒。

我父亲没有落井下石去揪斗张书记。他只是对张民德竟然也被打倒了耿耿于怀，说，这个烂契弟①，函家产，怎么也被打倒了？他有什么资格被打倒？

---

① 方言，亦为"混蛋"之意。

当时社会上的"道德混乱"让我父亲感到非常失望。由此，他认为自己辞掉一切公职，带着母亲回到了"农民"时代，是很正确的。

母亲与父亲一起"顺势而退""不进反退"，逆时代之潮流，竟然退居到芝麻大的坡脊圩，开始了耕田织布的农耕生活。母亲从此也是忙着生儿育女，"绝圣去智"，不再读书。

到后来，这位民国时期的初中生，五六十年代的小学老师，退化到了不识字的境界了。

母亲应该还是识字的，看报纸什么的不成问题，只是她从来不提这种事情。我不记得她读过什么给我们听了。倒是四十年代末"高小"毕业的父亲经常给我们讲各种故事，无形中把自己塑造得犹如大知识分子。

他自己的故事就带着传奇色彩：十六岁带着几个街头兄弟扒火车去广西参军，到广西十万大山剿过匪，受命赴厦门前线参加攻打金门之役（因为行军延误，他们赶到厦门时，先头部队已经迫不及待先出发了），在广州机场警戒过国家领导人，还去武汉中等步兵学校学过两年，在六十年代初以营级干部身份转业到老家洪湖农场，当了场长兼书记。他以自己走南闯北的经历，虚虚实实的故事，充实了我们儿童时代的荒芜岁月，风头大大地盖过了母亲。

自动"绝圣去智"的母亲，无形中暗合了《老子》的高妙思想，在"文革"时代，他们变成了新"智人"——生活在从狩猎时代、采摘时代到原始农业时代的过渡期，与其他时髦的、风流的社会人物

"老死不相往来"。各种热闹，父亲都不参加。他唯一干的事情，是突然去某"武斗队"，把当上了头目的我八叔打了几巴掌之后拖回了家——这些无知青年其时正在密谋攻占守卫鹤地水库的某部队阵地。

我父亲说，简直胆大包天！那是正规部队，担负着守卫水库的重任，配备了高射炮、高射机关枪啊。但我八叔也是一代枭雄，心比天高，正处在二十郎当岁豪情万丈的年纪，不见得同意我父亲那种小心谨慎。

我八叔从来不甘寂寞，后来又扒火车去北京串联。他既不是学生，又不是工人，只是一个没有身份的青年农民，却满世界瞎跑，趁机逛过像火星那么遥远的东北和内蒙古。一年多后，他像个野人一样，从某列运煤的货车煤车厢里跳下来，浑身炭黑，坡脊圩的街坊邻里都吓了一跳。我们看见他，以为来了非洲黑人。

我的家族里就是有这么一个活宝八叔，他总是与时代俱进，总是当弄潮儿，与我父亲的人生完全相反。

我父亲母亲与其他人的关系，基本就是：鸡犬相闻，风马牛却不相及。

在坡脊圩，他们植树造林，开荒种田，生儿育女。种了五棵番石榴树，生了五个孩子，然后，五个孩子见风就长。

乡村孩子没那么多讲究，野地里来，野地里去，吃饱喝足就像野狗一样到处乱逛。

雷州半岛属于亚热带气候，野生果子到处都是。我们在山野上随便走走，就能采集到各种野生浆果，随便塞到嘴里，就是玉液琼浆，就是有机无毒的生态美食。只是因为不讲究，常常弄得浑身都是果汁，洗也洗不掉。但我们将错就错，就当是染色布料了。

想想老子的智慧吧！我父母竟然在无意中，被冥冥之力驱使，暗合了上古智者的思想，有了质朴大智慧。在那个特殊时代，我们竟过上了田园牧歌般的快乐生活。

我后来很多次地写到父亲，把他塑造成各种了不起的角色，但从来没有好好写过母亲。

母亲在我的孩时记忆中，并不显得十分可亲。反而是，她曾用竹鞭狠狠地抽打过我的光腿和光屁股，让我记忆深刻。父亲是尊奉身教的，喜欢自然道。他从来不"武打"孩子，我们家五个兄弟姐妹，没有人被父亲打过。这样的父亲非常难得，估计普天之下没几个人能做到。他行伍出身，又当过领导，身体强壮，还会点格斗和武术，在坡脊圩和老家九岭一带，不怒自威，受人尊重。我们孩子也能感受到这种气息，自然而然地受到他的熏陶。

但现在看来，母亲打我是很正确的，因为我当时居然去"自杀"了。这样的大出格行为，非打屁股不能惩治。

也许是家里人口太多，母亲总是隐在家庭背后，默默地做事。她就像是电脑的底层操作系统，不显山不露水，但如果她运转不灵，整个电脑就会崩溃。

我们这些乡野孩子，奔跑玩耍是自由的。一旦露出什么极其危险的端倪，父亲和母亲就会介入。

我小时候受到了"抗美援朝"的鼓舞，曾有过亲自动手"深挖洞，广积粮"的行动。不过，我出生于六十年代最后一年，其时早就过了"抗美援朝"，已经是"珍宝岛保卫战"了。南方老家风雨猛烈，我的记忆总是这么混乱啊。有一次，我和弟弟趁父亲和母亲出门干活的机会，用一根钢锯条把父亲的锄头长柄锯掉，只留下一尺长的短柄，趁手挖洞。

从早上到傍晚，我和弟弟的努力初见成效，竟然已经在屋后黄泥土丘下，挖成了一个深一米半左右的大洞。我们计划之后横着向土丘深处进发，挖出一个可以防备美帝扔原子弹的坑道来。

我们的疯狂行动被哥哥告发了。父亲从农田里赶回来，发现我们"废寝忘食"，竟然已往土丘掘进了一米多。他当场把我们"抓捕归案"，用锄头把地道顶上大概不到一尺①厚的土层几下敲塌，破坏了我的美妙洞穴。

在那一刻，我感到无比悲愤，觉得人生失去了一切意义，而且，弟弟竟然没有一点绝望的表示。这让我觉得，必须决定去死。

趁着大人不注意，我一个人到很远的水塘那里，打算跳水自杀。我对这个无聊的、邪恶的世界，已经没有什么留恋了。我的地道被父亲毁掉了，我已经丧失了活下去的愿望。好吧，来一个像你们北方人说的"倒栽葱"，一脑袋扎进去，一了百了。

当我脱了衣服，光溜着黑瘦的身体时，发现水塘里早已经有了一堆小猴孩，都是我们平时一起打闹玩水的玩伴。这些家伙竟然招

---

① 1尺约等于33.3厘米。

呼也不打一下，就结伴来玩水了，实在是非常之可恨。

我内心充满了复杂情感，又觉得这些家伙不够意思。于是，后退几步，往前一冲，跳了出去。

可惜没掌握好技巧，我歪歪斜斜地入水，溅起了滔天巨浪，发出轰隆巨响。由于入水角度不得法，碰撞得很痛。我非常气愤地从水里冒出来，带着一股浓浓的泥浆，向那些嘲笑声哗哗的家伙们冲过去。

天之将晚，我们玩到了筋疲力尽的程度，连皮肤也泡软了，还不愿意离开水塘。

后来，我听到了呼唤声。

又后来，有人提醒我，是在叫我的名字。

我听出来了，是母亲的声音。

是晚饭时刻，母亲叫我名字，说吃晚饭了。

然后又听到我弟弟的声音叫我，四哥回家吃晚饭了。

哎，这个可耻的叛徒！

他竟然在母亲的背上！

我没有答应，但是立即被水里玩的同伙出卖了。

我湿漉漉地爬出来，湿漉漉地穿上短裤背心，心情也湿漉漉的，跟在母亲后头，灰溜溜地回家。"自杀"这件事情，我已经忘记了。游水、玩水太快乐，我走得太远，忘记了"为什么出发"，忘记了"初心"。

回到家，母亲从竹枝捆扎成的扫把上扯下一根竹鞭，对我下了狠手。

后来我才知道，为了找我，母亲背着弟弟，走遍了我们坡脊圩周边那些小孩子可能去的地方——大榕树、粮仓、学校，还有铁路旁的涵洞，累得筋疲力尽。还是弟弟机灵，想到了水塘。

这个水塘，是我家门口不远处那条无名小河渠的上游，当地村民筑坝拦水，遂成一个小型水库。

这水库水深、流急，不大会有水蛭之类的东西，很适合孩子玩水。我们从小在水里泡着长大，虽然没有受过正规训练，泳姿不雅，主要是狗刨，但是做个小"浪里白条"不在话下。如果有小孩被河水淹死，会让人感到意外。另外一种意外，是有些孩子太淘气、太胆大妄为，去钻一些灌满水的涵洞，对换气时间估计不正确而被淹死。这些，都是偶尔会发生的事情。

我们住在铁路南边，小学在铁路北边的山腰上。每天上学要钻车底，孩子动作敏捷，非常擅长，也爱钻。大人就比较麻烦了。大人更喜欢从车厢与车厢的接头处爬上去，然后从另外一侧下车。

总之，乡村周边，也有各种危险。

但因母亲仔细看护，父亲各种故事恐吓，我们养成了胆小怕事的行事风格，竟然就这样长大了。

俗话说，淹死大胆的。

我们老家土话说，浅水浸死牛。

都是这个意思。

我一直很少关注母亲，对母亲有一种很深的愧疚。草成一篇，于母亲节表示自己的一点点敬与爱。

清明、朱雀与家乡

清明节，在我的记忆中，是一个快乐的日子。

现在高速公路四通八达，春困春愁已经消失得无影无踪，春雨春风都吹不进紧闭的车窗。即算如此，江南的春天，**淋淋清明**，曾令多少古人发忧遣愁啊。

晚唐大诗人杜牧是豪迈婉约兼通的大家，我感觉小杜比老杜好玩得多，耐读得多，自然也是风流得多。他写清明的诗，写江南的诗，写春天的诗，赠别美女的诗，已是描写江南、春天、美人、美事的经典词句。

今人看春天，看江南，看清明，已绕不开杜牧的视角。

之一《清明》：

> 清明时节雨纷纷，路上行人欲断魂。
>
> 借问酒家何处有，牧童遥指杏花村。

　　我读诗不精，想当然以为杏花村是在山西——喝酒必汾，汾酒必喝嘛，那是山西名产，必须在山西。不料，这里的杏花村，却还是在江南。诗人春天闲不住，在安徽池州道上迷了路。这位胡思乱想的杜牧先生，碰见了清明时节的纷纷之雨，内心一片混乱，只想找一个酒家坐下来，喝几壶热酒暖身，作几行伤春之句浇愁。

　　之二《江南春》：

　　　　千里莺啼绿映红，水村山郭酒旗风。

　　　　南朝四百八十寺，多少楼台烟雨中。

　　与上一篇连起来看，牧童一指，杜牧没怎么弄清楚，就急急忙忙跑了。跑来跑去，没找到酒家，反而陷入春天的包围中——迷失了人生的方向，看到的都是什么"千里莺啼绿映红，水村山郭酒旗风"，然而什么也没有看清楚。你要知道春天的雨是急不得的，"南朝四百八十寺，多少楼台烟雨中"，看也看不清楚，连酒家也找不到了。

　　之三《叹花》：

　　　　自恨寻芳到已迟，往年曾见未开时。

　　　　如今风摆花狼藉，绿叶成阴子满枝。

　　这首诗有另一个版本：

　　　　自是寻春去校迟，不须惆怅怨芳时。

　　　　狂风落尽深红色，绿叶成阴子满枝。

仔细体会，觉得还是前一版本更得我心。"惆怅"一词再加"怨芳"，过于郁闷了，而"自恨寻芳到已迟"，只是失落，是对之前念想未能实现的遗憾。

杜牧自是妙人，又是惯经风尘，他哪里有这许多恨呢？

……

迷失在江南的杜牧，不好好学习，在路上乱逛，到处找酒喝，最后想起来，他是要赶去湖州担任湖州刺史的。

据《唐诗纪事》载，杜牧年轻时在湖州见到一个绝色女孩，其母与杜牧有十年之约，结果杜牧十四年后才重回湖州。来晚了的杜牧发现那个女子已经结婚，并且生有二子。他叹息之下，只好悻悻然回官邸疗伤，同时，给后人留下一首千年绝唱。

现在想想，十年太长，只争朝夕。女子之母，何尝不是一种委婉的拒绝呢？

杜牧本是扬州荡子，丽春院状元，到处留情，频频伤春。在《赠别·其一》里，他写道：

> 娉娉袅袅十三余，豆蔻梢头二月初。
>
> 春风十里扬州路，卷上珠帘总不如。

唐代很多诗人写江南，如《江南忆》《子夜吴歌》，各种委婉与惆怅，但杜牧恐怕真的是被春天伤着了。白居易一首《忆江南》，"日出江花红胜火，春来江水绿如蓝"还只是某种自我思恋的暗示，这景色，放到哪里不行呢？在成都，在桂林，在咸阳，甚至在内蒙古大草原，都这样。但"千里莺啼绿映红，水村山郭酒旗风"，却是江南独有的情调和气息。

所以，离开江南，杜牧心还在。心不死，情不休；人生入秋，他也写秋天。那首《寄扬州韩绰判官》也是杰作：

> 青山隐隐水迢迢，秋尽江南草未凋。
>
> 二十四桥明月夜，玉人何处教吹箫。

这些诗，我小时候驽钝，怎么也读不懂。大学里开窍晚，读起来也朦朦胧胧。现在人到中年，忽然感觉通了，未免太迟了。

但春天之好，人人都懂。不是只要叹息，不是只要哀悼。

清明不只有上坟，也有踏青，也有放风筝，有吃各种春天的糕点。

李劼人先生的长篇小说杰作《死水微澜》，开篇就写清末私塾的无聊学习，老师动辄"御驾亲征"拿戒方来打瞌睡童。

那时，孩子最盼望的是清明节。

清明节有三天假期，全家出城返乡，到祖坟所在地。大人们洒扫，上坟，祭祖。孩子呢，主要是可以在墓园周边的草地上撒欢，打滚，完整地过童年的欢脱生活。对于孩子，清明节完全是自我解放。

小说的主人公，那个长得俏丽动人、八面玲珑的少妇，也要在这里出场，才恰到好处啊。

李劼人先生用有些夸张的语调写这种心情，一片"啊啊啊"的：

> 啊！天那么大！地那么宽，平！油菜花那么黄，香！
> 小麦那么青！清澈见底的沟水，那么流！流得涧涧的响，
> 并且那么多的竹树！辽远的天边，横抹着一片山影，真
> 有趣！

我对小时候的学习生涯记忆不深，没有李劼人先生笔下那种无聊的私塾学习记忆。我们雷州半岛老家学风不盛，乡村学校上课不严，没有"那顶讨厌，顶讨厌，专门打人的老师"监督我们，因此我们可以吵破屋顶，吵翻天。

李劼人先生笔下的私塾先生，可不是摆设玩的。孩子们喊了一上午"熟书"，回家吃完饭还没有消化正要昏昏欲睡，又背了好一阵"生书"，眼皮完全奄下来了，灵魂去了外面，但老师"却一点不感疲倦，撑起一副极难看的黄铜边近视眼镜，半蹲半坐在一张绝大绝笨重的旧书案前，拿着一条尺把长的木界方，不住地在案头上敲，敲出一片比野猫叫还骇人的响声，骇得你们硬不敢睡"。

这学习如果无趣，总是要打瞌睡的。

我念小学时，一半时间是学农种地，一半时间是胡乱上课。反正我们龙平小学啊，老师都凑不齐，连杀猪的刘老师都当上了我们的班主任了，你还能指望些什么？记得有一位女知青老师，身材颀长，表情忧郁，穿着的确良衬衫，拖着一条长辫子，隐没在我的记忆中。在我们学校暮色四合时，孑孑然走过台湾相思树下，到偏隅

处宿舍就淡去了。好像不爱说话，也不当着人吃饭。她像个仙子一样，在人间飘着。

后来三年级时，她不知道去哪里了。我还好一阵惆怅。不是小孩子开窍早，而是对美好事物消逝的叹惋。

我对清明节的记忆主要是美好。

那美好，不是如李劼人先生所写那般是因私塾无聊衬托出来的，而是一上路就浑身敲了车铃般兴奋。清明时节，雷州半岛已经暑热纷纷了，常常上午焦晒，下午雷阵雨，让你觉得老天是很够意思的。

我特别爱的活动，是回老家九岭村给老祖宗们上坟。

我们家住在坡脊镇，距离老家九岭好像不到十里①路。可当时都是黄泥沙道，骑自行车常常会陷入沙道中，前后进退不得。有时干脆僵住不动，骑车的大姐、前面横杠打横的我、后面车架叠坐的弟弟和哥哥，一伙四人，都囫囵吞枣地倒在黄泥沙道上。一阵灰一阵沙，免不了是很愉快的。半路上还要休息一阵，在松荫下有些白白细细的沙子，有些微细的、不到小指直径的旋涡下，隐藏着一种沙虫。我们用一根头发绑着一粒米饭或者其他什么，在沙旋涡上悬着晃，不久，在沙地下昏昏睡着的沙虫，就冒出来了。

这样的沙虫有点像超微版蜈蚣，我们一把抓住，就掐死。

父亲在前头，自行车驮着各样各色祭品，主要有白煮鸡一只，

---

① 1里等于500米。

白煮鸭一只，白熟五花猪肉若干条，米饭几大碗。南方天热，肉类都要加盐煮才能保鲜。这些祭品各处转悠，让祖先们享用过几遍后，因为天热，已经不够新鲜了。我常常建议，应该及时就近坐在松荫下，把鸡、鸭、猪肉撕开吃了，但没有一次如愿。父亲还是要带回家，上汤锅煮开（为了杀菌），取出，以刀砍块，上盘之后，才能满足我的饕餮之欲。

我们乡村的生与死隔得不远，死去的祖先就像活着一样。没那么多讲究，也没有多么可怕。据说，唯有内心纯洁的孩子，才能看见祖宗的影迹。

父亲说，弟弟能看见，因为他那时只有五六岁。

有一次，弟弟看见在某个祖坟旁有一只鹌鹑，不怎么慌忙地走出来。

父亲说，这就是我们的祖先。

可是，我从来没有看见过。不敢怀疑弟弟的纯洁，觉得自己内心太复杂，不配见到鹌鹑。祖宗化成鹌鹑，这件事情我从来没有怀疑过。有时想，他们为何不能变成大白鹅呢？

我老家的春天，跟夏天差不多。没有江南这么繁复，这么做作，因此，也就没有江南这么多事，没有江南这么多诗。我们老家，自古以来就是不被说起的，暗哑的。

后来读《东坡志林》，书中苏轼提到经过雷州半岛，取道徐闻去海南，这让我非常兴奋。我觉得自己如果算是有那么点才华，一定是因为东坡先生先于我，走过我走过的路，留下一点什么遗风。

东坡先生后来遇赦，从儋州北返，要经廉州去合浦。不料大雨泛滥，又耽搁在我老家附近好多天，期间以松树生火祛湿、取暖，颇为流连，并作了一首诗。

终于读到了美国汉学大家、加州大学伯克利分校东方语言学系薛爱华（爱德华·谢弗）教授的巨著《朱雀：唐代的南方意象》的中译本。书里写到了我的家乡雷州半岛。唐代时，孔雀的主要产地就是雷州半岛。

我一直到十八岁考上大学才离开家乡，但从未在家乡见过孔雀。离开家乡二十几年后，因薛爱华教授在书里提到，我凭空激动了好一阵。我自己都不知道家乡有什么珍贵特产，有什么文化遗迹。记忆中的家乡，是一片荒芜。文化沙漠，空白，空白，空白。但从薛爱华教授专著里知道，唐代的雷州半岛照样是有人烟的，而且颇为繁盛。只是，不被以中原为视角的史官记录，于是就沉寂，一直被沉寂着。

朱雀，是那么神秘，那么灿烂，与孕育释迦牟尼佛的孔雀大明王是一家人。那样，我们的家乡，又有了佛性。

攀在树上的男孩

去年年底，我与失散三十年的中学班花联系上了。

我初中时曾惨遭班花无影腿踹腹，高中时曾给班花写过情书。三十年后班花仍然很美丽，我的家乡记忆，因为这位女同学而栩栩如生。

女同学看了据我长篇小说《我的八叔传》改编的电影《引擎》，说电影里的场景恍若旧忆：集市、九寸黑白电视机、老旧的卡车、各种杂货店，还有一起做广播操的街坊邻里。她说，一直都为自己小时候无忧无虑地长大而感到幸福。那时候，她家里也有一台黑白电视机，像电影里一样，每次晚上打开，四周邻舍都来一起看。

电影外景地在浙江省温州市林坑村。上海电影制片厂的美工们在那里搭出一条"坡脊镇"的街景。我自己去探班时，看着如在梦中。

林坑村坐落在楠溪江上游，风景优美，村舍井然，人民温和，鸡犬相闻。这样有深厚文化积淀的古村落，非我南方老家坡脊镇所能媲美。

我把老家叫作"坡脊镇"，其实它只是一个圩市。一条黄泥市街，两旁错落十几户人家，有泥砖房，有火砖房，还有公家房。三百多米的小街，隔着一溜黄泥土山包，沿着黎湛铁路，往南北方向延伸。北端是坡脊火车站，每天有两趟慢车停靠。南端是张六家的麻绳编织房，再过去是大片旱田，种些南瓜、豆子之类的作物。然后突然有一条路，通往一座石桥，再穿过一个村子，就能蜿蜒爬上鹤地水库的巍峨大坝，去河唇公社。

我的班花女同学生活在河唇镇，是铁路员工子女。河唇镇虽小，但河唇车务段很大，鹤地水库管理局很大，红星陶瓷厂很大。

一个不起眼小镇里，藏龙卧虎，山秀水丽，漂亮女同学如鲜花般生长。

河唇镇比西瓜大，坡脊镇比芝麻还小。大伯开的饭店，八叔开的杂货店，我家开的豆腐店，沿着黄泥街市铺展。其他如裁缝店、打铁铺、酱油铺等也都一应俱全。小孩子们随风而长，在空寂街道上呼啸而过，作打家劫舍状，追逐鸡鸭狗，对雄壮冷静的大鹅敬而远之。

公家房最雄伟，不仅高大，而且还抹了灰。

坡脊镇虽小，五脏俱全，供销社、信用社、税务所、粮站俱备。我父亲跟里面的人关系很好，隔三岔五，他们会聚在一起打牌，用汽灯照明，挑灯夜战。夜风吹拂，灯光闪烁，表情变化，鸟叫虫噪，万籁俱鸣。

小镇人生，实在，稳定，不惊不惧，自然而然。

与美女同学回忆过去，心有灵犀。都爱去鹤地水库游泳，都爱去青年亭登高。她去水库管理局水边游泳，我在周六放学回家时，扛着自行车翻过水库大坝，光溜溜扑进水里。

在坡脊镇出生，长大，游水，爬树，追逐，我是野生孩子，现实的"浪里白条"，活生生的孙悟空。小伙伴们成群结党，跋山涉水，采摘野果子，追杀小虫，无法无天，无拘无束。从来不学习，根本不读书。自然就是我们的课本，小鱼小虾就是我们的老师。

我家有五棵枝叶茂盛的番石榴树，夏天枝头结了累累之果，由小到大，由青到黄，眼看着这果子生长，与我们生长有脉脉共鸣。父亲帮我们搭了一个树屋。有一段时间，我待在树屋，再也不脚沾泥土了。长到了七岁要上小学了，我才被父亲呼唤下地，恋恋不舍地告别上树生涯。

不下地，我猜自己可能会返祖，回到猿人状态，树上往来，风餐露宿，啸聚山林。但二十世纪五十年代，我那孔雀故里、中国野生荔枝林源地的雷州半岛家乡，已是秃山瘠地，小鸟只能飞过去，飞到更远的地方，去南洋。

小镇周围小山，龙平小学周围丘陵，全都光秃秃的，如过早落发的男人。我出生成长时，山水恢复了一点元气，长了些手臂粗细的尤加利树和台湾相思树。返祖是不可能了——英雄失去了历史舞台就是狗熊。

那时如果读过卡尔维诺的《树上的男爵》，我肯定模仿柯西莫男爵，在树上度过自己的一生。

在《树上的男爵》里，主人公柯西莫男爵生存的背景设定是中世纪。柯西莫不愿意被中世纪陈规陋习束缚，有一次上树之后再也不下来了。柯西莫男爵在树上思考人生，吃喝玩乐拉撒，与欧洲各国文艺复兴时期大师如伏尔泰、孟德斯鸠通信往来，探讨哲学。在树上，他什么也没耽误。

柯西莫男爵身手敏捷，思想广博，行动自由。他从森林去巴黎，去西班牙格林纳达，遇见了一个住在树上的民族……

我读过的那么多小说中，没有一部像《树上的男爵》那样深深地打动我。

小时候，我就是一个树上的男孩：身体狂野，内心空白。我的身边世界是文化荒漠，小镇里连一本像样的书都没有。七十年代末社会慢慢平静，在父亲的鼓励下，我不断购买，逐渐积累了上千本名著连环画。在坡脊镇赶集日，在鸡鸭鱼肉蔬菜水果中，我摆开了小人书摊。

这算得上是坡脊镇历史上的文化大事了，可惜没人记载。小镇湮没在时间之灰中，无声无息，已被人忘记。我在长篇小说《我的八叔传》里，仔细地描写了这个小镇以及小镇中的人物。小镇在我的记忆中，在我的作品里。我用记忆和书写，复活了坡脊镇，复活了我的上树历史。

总有一天，我要写一部《树上的男孩》，向意大利文学大师伊塔洛·卡尔维诺致敬，向他的《树上的男爵》致敬。

上小学第一天，父亲扛着一块用甘蔗叶子编成的竹篾栅，握着我的手，带我沿着小黄泥路去龙平小学。那条小黄泥路弯弯曲曲，我们走路也弯弯曲曲。小路中间是沙子，被雨水侵蚀而沟沟壑壑，深深浅浅。雷州半岛雨水丰沛，刮风打雷，没个停歇。平时小路两旁的小水潭干涸或浅水迷茫，一旦急雨浇灌，云散雨霁，就小溪流淌，小潭欢腾，小鱼和蝌蚪在水中徜徉。

我家到龙平小学的几百米路上，景物变化多端，这是我人生的第一次远征。

先要越过坡脊火车站的五道铁轨，沿粮站旁灰泥高墙走出拐角，来到缸瓦厂门前。

这时候你有两种选择：沿着小黄泥路继续向前，或受不了诱惑进入缸瓦厂，穿过简陋厂区，抟一把软泥，撕一页语文书，包起来，装在书包里，经过山坡上的大砖窑，钻入甘蔗密林中潜行，爬上坡顶操场，下坡溜到学校门口。

父亲领着，我只能走黄泥小路。

平时上学放学时，男生结伴，都爱穿越缸瓦厂。小学三年级，我和几位同学到缸瓦厂值班，负责看守学校的甘蔗林。我们埋伏在大火窑尾。刚出窑不久，还有些暖气腾绕，破损缸片散落着。我们埋伏在深夜里，如同埋伏于淤泥，准备活捉偷甘蔗贼……月黑风高，夜晚寂寞，缸瓦厂里夜猫怪叫，虫鸣交织在记忆深处。

我小时候经济停滞，人民贫穷而安乐。老家人生性欢乐，好斗，爱讲古仔①，对外部世界和外国充满不切实际想象，常常自我满足，鄙视美帝。

我父亲知识丰富，擅讲古仔。劳动余闲，夜晚寂寞，五棵番石榴树下，成了我家的勾栏瓦肆。

讲古仔前，我们飞快摆好六张凳，给父亲摆好水烟筒，敷上一撮烟丝，泡上一杯茶。

父亲摆足架子，这才慢慢登场——说书大师柳敬亭也不过如此吧。柳敬亭嗜食大闸蟹，每次说书之前，必啖"横行汉"。饱食之后，以纸包蟹钳，随身携带。讲完，继续嗑食蟹钳。

我父亲也有自己的独特趣味。讲古仔前，有些准备工作要做。夏天，他会先点一根大腿粗的稻草棒，燃起浓烟以驱赶蚊虫。冬天，他会烧起一盆炭火让我们围坐四周，边烤火取暖边听古仔。各自落座停当，睁大眼睛，竖起耳朵，父亲从火盆中夹出一枚火炭，靠在水烟筒烟嘴上，吸气点燃烟丝，然后憋住气长吸一口，水烟筒发出欢快的"咕咕咕"响动声。浓烟们不动声色地进入了他的喉咙，在他的肺里转了一圈，又等待着被他从鼻子、从嘴巴同时呼出。炭火明灭，父亲脸膛闪烁，一口长烟吐出，显得悠游，又胸有成竹，如同一列蒸汽机车无声地驶过寂寞的童年时代。

说书大师柳敬亭懂得李香君和侯朝宗，能单人独舌说服拥兵十万的左良玉移师东征，但他不懂得越南河内，不懂得菲律宾马尼

---

① 方言，意为"故事"。

拉,不懂得爪哇国槟榔屿和马来西亚吉隆坡,不懂得国际国内政治大事。但我父亲全都知道,他还知道红色高棉柬埔寨,给我们讲村里人不识字,眼大看过界,"柬埔寨"读成了"柬埔塞"。真开讲了,父亲却无法有效地讲述爪哇国,他知道的相关资料太少了。假如他读过许地山先生的《命命鸟》,可能会给我们讲一个东南亚的凄婉而美丽的故事。

我家乡所有故事似乎都被收走了,这是一片没有故事的土地。我们丢失了本乡本土,也丢失了故事。两千年漫长岁月,雷州半岛家乡竟然没有发生任何故事,这可能吗?冼夫人呢?苏东坡在雷州府遇见秦少游呢?还有我们的美丽非凡的孔雀呢?美国汉学大家薛爱华教授的《朱雀:唐代的南方意象》专门研究岭南文化与生活。读完之后,我才恍然大悟,雷州半岛老家原来物产这么丰富,故事这么美丽动人。

我小时候,对自己的家乡一无所知,颇为自己的贫瘠老家而自卑。上大学后翻阅资料,才知道,"寸金桥抗法斗争"革命故事背后,有那么多、那么丰富的中外文化交流史,有那么丰厚的外来文化资源。一度"广州湾"成了海外通往中国内陆的唯一物资通道,而一跃成为超级海港城市,与西贡(现胡志明市)联结在一起,使得北部湾成为喧嚣的内海。

一九四五年被国民政府收回,广州湾改名湛江,现在仍保有很多精致的法式建筑,亚洲东部地区最美的哥特式维多尔天主教堂,装饰壮丽,大堂可以容纳千人聚会。但这些,我小时候都不知道,我以为自己的故乡一穷二白，一无所有，我为此而深深自卑，向往北方。我在很小的时候，就懂得把耳朵贴在铁轨上，听遥远北方传来的怪异声音。我不知道，往南，往南，才是大海，大海之外，还有大海。

最近这些年，我每到一个地方，如有机会与地方官交流，都会建议他们编写"地方文化读本"。让孩子们知道自己家乡的真正历史，保护地方文化不被湮没，这样我们谈论爱才是真爱，这样爱家乡才言之有物。

不知道本地历史，不懂得本地传说，连我父亲讲的都是"薛平贵大战樊梨花"。他为什么不讲一讲冼夫人呢？为何不讲一讲伏波将军？为什么不讲一讲我们的孔雀？为何不谈那些法国人在我们家乡走来走去？我总想回到家乡，写一写冼夫人，写一写苏东坡，写一写那么多了不起的人物漫游过雷州半岛，写一写南方的孔雀和"菠萝的海"。

我父亲依靠自己小时候听的故事，在那空白无聊的童年，给我们讲古仔。他没有书籍可以查看，混淆了薛平贵、薛仁贵和薛丁山，把他们都编在了一起，来个混搭穿越水煮唐朝。但对于一无所知的小听众来说，这又何妨？我们只是兴致勃勃地听古人打架，喜欢那些英雄和美女的风花雪月。是不是关公战秦琼，是不是穿越，这完全不在话下。无论是谁，他们全都跟樊梨花女孩子家家的打架。这些大唐英雄们每次到寒江关挑战，都要嘴皮子磨破，各种牛皮吹尽，各种无耻挑衅。最后，美丽的樊梨花小姐终于骑着梨花白马挺着梨花大枪，从历史深处冲出来，直奔大唐英雄们，单人独马，一枪就把他们都挑下马来。

最不可思议的是，大唐英雄们都没有被梨花枪戳死，过几天，好了伤疤忘了痛，他们又来挑战了。这都是我父亲的功劳。他们必须坠下马去，又必须满血复活。不然，我们漫长的南方成长岁月，要如何打发啊。

女儿小时候，我给她讲过自己小时候"打家劫舍"的"亡命生涯"，真真假假，虚虚实实。

人类文明是从讲故事开始的。远祖还在茹毛饮血、风餐露宿时，夜晚就通过讲故事来传递与野兽搏斗的经验、逃命的经验和生存的经验。在山洞里，在树上，在火堆前，这些故事流传着，后来变成了结绳记事，变成了各地岩画，变成了象形文字。上古到了文字时代，故事有了自己的形象。

我不断添油加醋，不断虚构拓展，家乡变成了一片神奇的土地，成为一个诗意的世界。在那里，有茂密森林，吐着白烟的蒸汽机车呼啸而过；在我家乡，还有一望无际的甘蔗林，里面生活着各种小动物。我们春天种下甘蔗，夏天长得绿油油，秋天漫山遍野地摇曳，到深秋，全校师生出动砍伐收割甘蔗。

那是一个欢腾喜庆的场面。

一次在砍伐一片特殊品种的高大甘蔗林地时，惊出了无数野兔子，还有几只野猪左冲右突，场面混乱而喜人。师生们相互拥挤，躲避不及，到处都是惊叫声，勇敢的老师则扛着锄头铁铲追击野猪，发出连续不断的嘶喊声。老师们虽然英勇善战，终因武器落后，无法追上胆小善跑的野猪，那些野蛮家伙重新上山，落草巍峨的山祖嶂，做了不可一世的山大王。

欢乐砍伐甘蔗之后，又是欢乐运送甘蔗，去糖厂榨糖。

到年底，我们每个小学生都分到了二三十斤黄糖。

我家有四个孩子上学，分到了一百多斤黄糖，父亲动用两个大陶缸才装得下。那时我弟弟还没有上学，只有我大姐、我二姐、我哥哥和我是劳动力。我们在龙平小学都学了什么？全不记得了，我只记得这种快乐的劳动场面。

想来那时很劳累，还很脏，但诗意家乡的记忆，一直缭绕在心头。

返乡记

十二年前，我和太太带着女儿"衣锦还乡"。

女儿时年四岁，很兴奋，听我讲了那么多神奇故事，终于可以亲临其境，亲眼看一看了。故事中有五棵番石榴树、我搭的树屋、我们倒挂在它枝条上的大榕树——那么大，那么大，我张开双臂也比画不过来。我们猴子样顺大榕树气根往上爬，一直爬到大榕树顶梢。

我也有些遗憾，那些事情都在讲述中；现实中的家乡已面目全非了。

从上海回雷州半岛过程复杂。火车时间太长，换乘烦琐劳累。我们乘飞机。先飞到白云机场，弟弟来接，再开车从广州回去。从广州到廉江，六个多小时，专车接送，很幸福了。弟弟和一个小伙伴轮换开车，我和太太享受专座，女儿睡得很香。窗外景色明信片一样掠过。

弟弟忽然也已长大了。他毕业后，在广州和几个同学死党一起，从组装电脑自己扛着挨家挨户去倒卖起步，之后竟成了一个电脑通讯类公司创始人，二十几个人手，颇有点意思。他的公司在天河一幢大楼里，占了大半个楼面，几十台电脑主屏幕济济一堂，我那天生热爱电脑和游戏的女儿看到了，感到很兴奋。弟弟的公司做安防、监控，如有家族背景，现在恐怕能做成一家具有相当规模的大公司了。

我上河唇高中时，他上河唇初中。每晚九点左右，他自修结束，独自走过河唇镇街道，越过河唇火车站十排铁轨，再走过一条黄泥路来河唇中学，晚上和我挤一个宿舍床铺。

那真算是一段艰辛生涯，晚上下自修，我就在学校前村口等他。他还小，才十一岁，我担心他害怕，担心他碰到坏人，担心他过铁路。

高中宿舍床铺是单人床，我和弟弟挤在一起睡。两个中学生虽然瘦小，但床铺不到一米宽，还是挤得满满的，几乎无法翻身。天冷时还常常惊醒，给他掖一下被子。那时住宿，每班一幢排屋，半边教室半边宿舍，整个宿舍如教室般大小，挤满了床铺，住了三十多个同学——外加我弟弟。

雷州半岛是亚热带气候，我们春夏秋冬都睡在席子上，夏天的汗水把席子浸染得油光光的，带着甜腻体香气。这样春去秋来、冬去夏来不断轮替中，席子久经熏染，现出古董般色泽。

我和弟弟就这样挤着过了一年多，直到后来他转到了县城的中学。

我考上大学后，弟弟也上了广州的学校。他考试成绩一般，读的学校一般，但是他天生手巧，念中学时，就已成了远近闻名的修理能手，给街坊邻里修理电视机收音机，自己找各种元器件组装了音响。我在华东师范大学读书，后门出去是著名的曹杨新村，其中有长风电子元器件厂，弟弟没出过远门，对"长风厂"产品竟然了如指掌。而我，常常经过那厂，却熟视无睹，通常是携几个死党去找小酒馆。

弟弟念书最后阶段家道中落，靠向同学借钱交学费。我毕业工作后也给他寄过钱，但不能解决问题。弟弟和同学成了死党，一起创业，一起开公司，后来事业也颇为兴旺。

这似乎是一个时代的必经之路。

我每次想到弟弟一个人在广州打拼，就心痛不安。

我原地踏步工作了十三年，靠工资度日养家糊口，其中毫无改善可言。而弟弟已成了一个小富豪，有了几辆车，和若干死党。

八十年代末期，广湛公路非常凶险。我有一次从上海回广东，被茂名长途大巴"卖猪仔"，那经历真是十分难忘。大巴从广州火车站缓慢经过，说直接开到湛江，我就上车了。然而，这辆大巴却在茂名市郊把我们甩下来，另有一辆中巴紧接着到来，说去湛江，另外收钱。我和另外两个人，一男一女，又花钱上车，折腾到晚上才到湛江。然后，从湛江换乘中巴回廉江。入夜后进入廉江，我已经筋疲力尽了。

那时候，我跟中学同学失去联系。走在县城路上，觉得自己是外乡人。围上来的摩托车揽客，都拿我当"北佬"，准备痛宰我一番。

一个人走在自己家乡，仿佛走在了外乡的道路上。

我出生于雷州半岛河唇公社坡脊镇，小学读附近的龙平小学，初中上河唇公社初级中学。上中学时，我家搬到了县城。

我父亲赶上了南货北运大潮，在廉江火车站前空地上，搭了一个竹木结构两层小楼，开始了北运香蕉、菠萝、荔枝等水果的生意。

我父亲做生意时已四十多岁，固执地坚守各种道德。他轻信、被骗，一直不断地遭到各种挫折，到我弟弟上大学时，已经欠了一屁股债。

我父亲又和哥哥合伙去承包山村鱼塘、建火砖厂，企图东山再起，因不善经营，轻信他人，又失败了。每次失败都欠下更多债务，我哥哥也丢了在中国银行的工作。

我们家从坡脊搬到县城，就不断地败落。我记忆中健壮、英武、自信、有趣、妙语连珠的父亲，因不断地被欺骗、失败，成了沉默抱怨的人。有一段时间，我很想发大财，一举救父亲和哥哥于水火中。但我又迷恋文学，终因文学拖累，未遂所望。

廉江县城 ① 总不是我记忆中的家乡。我的家乡，是我长到十五岁的坡脊。

---

① 廉江县已于 1993 年撤县建市。

我在河唇初级中学读书，住校，每周末骑自行车回家。从河唇镇到鹤地水库管理局，上三次坡到水库大坝，再到郭沫若题字的青年亭，顺水库大坝一路向北。大坝路面是黄泥沙土，一下雨，就会被手扶拖拉机压出深深车辙，自行车常陷入黄泥潭而动弹不得。

这也难不倒走惯烂路的孩子。

水库西面往下俯瞰，是蜿蜒的黎湛铁路。再过去，是起伏连绵的丘陵。东面，是碧波浩渺的水面。望着那浩大的水，以及偶尔驶过的船，我常常会陷入遐思。

水库边还有一溜电线杆，电线上站满一排排的鸟。那些鸟看着人，表情很冷漠。我看着鸟，却很热情，很想把它们打下来，烤鸟。这一路上，有各种机会让我们停下来。骄阳似火时，我们会连人带车一起翻过大坝，把车斜靠在土坡上，接着赤条条地扎入水库里。从大坝继续向北，就到了一带丘陵，然后沿着山间小路，骑车向下冲锋，几乎瞬间就能穿过第一个村庄，接着第二个村庄，再冲上我们家从另外一个角度能看见的砖桥，就进入了我的记忆中，进入我的故事，进入我的梦乡。那五棵枝叶婆娑的番石榴树，正等着我再去上树，再去摘果子。

我的故事中常有一个倒挂在树上的小男孩。可能是我，也可能是我的小伙伴。我倒挂在树上，我的小伙伴们常常一串串地挂在树上。我们高高低低，大大小小，胖胖瘦瘦，如各种瓜果，有长好的，也有长歪的，如同挂满了枝头的芒果和香蕉。

树是大榕树。

倒挂在畜牧场的大榕树上，书包吊在腰上，水壶挂在书包上，我拿着一本语文书，做作地倒着看。这不是爱学习，而是无所事事。

大榕树枝条脆弱，猴孩都知道要小心谨慎。挪到小树枝上时，两手要分开，分别抓住不同的树枝，两脚也分别踏在不同树枝上，这样可分散重量。而台湾相思树纤维坚韧，折了也连在一起，攀爬起来更安全。

爬树需要技巧，也要注意安全，不能随便就往上爬。乡村猴孩都是树木分类专家，眼中的树一分为二：果树和非果树，脆树和韧树，可爬的树和不可爬的树，有毒的树和没毒的树。对待万事万物，我们也简单粗暴一分为二：能吃的和不能吃的。

童年时代，社会闭塞，物质贫乏，生活却丰富多彩。那是自由散漫、好奇探索而成的特殊感受。

这次返乡，一切都变了。那条被拆掉的铁路的原处，铺设了柏油路，直通广西。我记忆中漫长、弯曲的小路，骑车从县城到坡脊要两三个小时，那种速度适合记忆中的世界。但是，这次弟弟开车二十分钟就到了。不对，是开过了。

柏油大道直驶九岭，那是我们廖氏家族的核心发源地。

一世祖在明朝末年搬到这里，到我已十八世。每一世排行家谱里都写得清清楚楚。

汽车是记忆中的另类事物，一晃而过，超越了三十年的记忆。那个更老的老家在水库之上，可以把水库看成鱼塘。很多我父亲母亲熟悉的族人彼此鸡犬相闻，热情招呼。但我一个都不认识了。我背上的女儿更是陌生，她和我太太连语言都听不懂，仿佛进入了一个生番世界。本地客家话，我也无法流利说出了。

鸡鸭在阳光下漫步，香蕉树在村旁延伸，我带女儿和太太去跟香蕉拍照，跟波罗蜜拍照。

吃正宗的雷州半岛走地鸡，喝米酒。

回到坡脊，寻找故事中的故事。

我的老家已破败了，但没有想到会如此突兀。

我背着女儿，顺着曾经繁盛热闹的街道，寻找熟悉的房屋。过去的居民大多搬走了，我大伯也搬到旧铁路的北面。

终于到了我老家的位置，发现那景物、那房舍，全都陌生了。

我的老家，已经住进了新居民。

新主人听说我们是很久之前的主人，热情招呼我们进去。我努力寻找听父亲讲故事的小院，也完全陌生了。

后来才明白这一切如此陌生，是因为五棵枝叶婆娑的番石榴树不见了。遮蔽院子、连雨点都落不下来的茂密枝叶消失了，我记忆中繁茂的番石榴果实也消失了。

主人听我说起记忆，讲那几棵树太老了，砍掉了。现在新种了几棵，还小，歪歪斜斜的。番石榴树结果很快，只有小茶杯粗细的果树，两三年就能开花结果了。而我记忆中巨大的番石榴树，一年能结实一千七百多斤。

女儿在我背上，迷惘地说："爸爸，爸爸，你的老家怎么这么丑？"

那时，我就明白，我已经无法重返家乡了。

少年

启蒙的痛楚，即从那个闷热下午开始。

邓丽君甜润的歌声给我的冲击太强烈了。我一直不敢跟任何人说，连对供我上学的大姐也不敢说。我把这个秘密埋藏在身体深处。晚上，我乘着邓丽君的歌声，升上梦幻的云端，并在那云之云上，不知天高地厚地睥睨众生。

单卡录音机里的 邓丽君

二〇一〇年五月八日是邓丽君小姐逝世十五周年。

台湾和香港两城举行了盛大的悼念会，很多地方的学者和艺人专程赶去参加。

一名台湾歌手，辞世十五年了，民间自发的悼念活动还如此之盛，可见邓丽君小姐影响之深远。从人们的热爱程度来看，邓丽君小姐可以说是真正的人民艺术家。

时至今日，无论时事如何变幻，邓丽君的甜美嗓音仍然是人们记忆中深婉的旋律。公共场合里，长途大巴上，广播台中，邓丽君的歌一直在被播放着，当背景音乐，或闲暇静听，觉得真是岁月之好，可以慢慢地体会。

听得多了，没有第一次听到时那种震撼。但她的低吟浅唱，出入梦中，仍在我的人生中绵绵不断。

我清楚地记得，第一次听到邓丽君歌声的那个闷热的下午。

二十世纪八十年代初，我是一个初中生，在广东省廉江县河唇公社河唇初级中学读书。我在龙平小学读完五年级，语文和数学加起来九十九分，本来上不了河唇初级中学，应该回家卖凉茶的。我大姐高中毕业后在镇日杂店工作，她给学校交了点钱，走后门把我塞了进来。

我被分在初一的四班。

班里的每个同学都是混世魔王，都是以各种方法混入初中的差等生。如同东胜神洲花果山水帘洞，一洞的猴孩子上蹿下跳。

一班才是重点班，人家才是牛魔王样气宇轩昂的优等生。

我们班每天上课下课，都像爆发世界大战。

班主任罗老师的数学课也不能幸免。

碍于他是班级最高领袖，上课时还算安静，给他点面子，大家都好混。下课钟声敲响后，会有那么十几秒的安静。然后，罗老师抓住这个难得的机会，丢出一句"下课"，同时立即收拾教具撤。

"老师！再见！"全都蹦起来，有人蹦到长板凳上，甚至有人一下子蹿上桌面。

罗老师立即消失在宿舍门后，不见一点声响。

教室里突然爆发了，像有人往粪坑里扔了一颗手榴弹般发出轰然巨响。

一两张桌子倒地，几个男女"恶霸"跳上桌面，再往桌面上摞板凳，一伙人围在一起玩"批斗"。有人夺门而出，瞬间就消失在下面的街头，无影无踪。

　　我通常与死党王戈等三两个在教室外空地上玩拍纸板，或用《水浒》之类的人像小卡片玩输赢。最珍贵的游戏，是玩弹珠。几个小洞，按一定距离分布，竞赛者以食指夹弹珠，大拇指于珠后激发，弹珠射出，可以击打对手的弹珠，也可以直接进入小洞。比赛的胜者，会赢得对方的弹珠。

　　在这个班级读书，混日子，我不知未来如何，也从来不思考未来。上课之余，我在巴掌大的河唇镇乱逛。河唇镇只有两条主街道，十字交叉，如同打了个领结。在交叉缝隙间，藏着几条辅道，形成凌乱集市。楼房多是黑瓦屋顶，在多雨季节，绿苔屋顶会发出金属般敲击声。

　　一天，我在大姐工作的杂货店和百货店之间的一条小巷闲逛。时值下午，阳光强烈，天气闷热，脑袋昏沉。我看到联结在一起延伸到对面街角的小集市，都用竹竿支着塑料纸撑成顶棚，拥挤不堪，显得更加闷热难耐。

　　就在这时，远处突然响起了低回轻吟的可怕歌声：

　　"好花不常开，好梦不常在——哎——"

　　听到这歌声，像被电击一样，我浑身麻痹。邓丽君清洌透彻的歌声，毒蛇一样啮噬我的耳朵，使我进入了神志昏迷状态。我不是因听到天籁而震惊，而是立即想到这是黄色歌曲，内心绽开了一朵恐惧之花。

　　我的耳朵听到黄色歌曲了，天哪！我该怎么办？跳到鹤地水库也洗不清了。上古贤人许由因为帝尧请他继承帝位，觉得污浊不堪，跑到河边洗耳朵。我非圣贤，但也是少先队员，必须跳进青年运河去，洗掉耳朵里的黄色毒液。

才上初中没几个月，但政治老师、班主任和校长每天都在教室里、在操场上、在大会上反反复复地教育我们，警告我们，吓唬我们，描述黄色歌曲的可怕性。那时"严打"刚刚结束不久，传说流氓青年因听黄色歌曲耍流氓，被抓起来游街。游街之后，枪毙了。

邓丽君的《何日君再来》，是著名的黄色歌曲。

毒蛇一样的歌，以美妙的毒素摧毁我，让我动弹不得。

我当时第一反应是赶紧开溜；第二反应是向班主任汇报；第三反应是非常愤慨，竟然有人在人民群众中间播放黄色歌曲。

不知道僵住了多久，也许十几秒，也许半分钟。

我的可笑模样，一定很像被太阳晒晕了的菜虫。

我下意识地转身，循声寻过去。

小巷尽头，是振国日杂店，木匾招牌上画了一颗巨大的红星，已经掉漆斑驳了。日杂店卖锅碗瓢盆扫把畚箕铁锅尿缸，也卖毛巾短裤牙膏肥皂。日杂店店主原是一个聋哑人，姓夏，是从坡脊搬到河唇来的。在坡脊，他家日杂店就开在我们家背后，靠着街口，平时乏人问津，集市时却很忙。

玻璃货柜上，赫然立着一台三洋收录机。收录机很小，两个圆形的小喇叭，中间是一个卡盒。卡盒里，有盘磁带正在"哗哗"转圈，邓丽君甜腻的清音从两旁的喇叭里不断地流出，顺着我的耳孔长驱直入。

夏大伯不是聋哑人吗？怎么会播这种黄色歌曲？

但夏大伯不在柜台后，而是躺在几米远的榕树下竹椅上乘凉。一把破损的蒲扇搁在瘦弱的胸上，安静得如同树叶的枯落，无声也无息。

他的躺姿如子弹，激活了我的警惕。

我脑子里立即想到"特务"这个词。

从小到大，从穿着开裆裤走路开始，我们小孩子脑袋里就被深深地植入了"阶级斗争"的观念，仿佛在我们周围，遍地都是亡我之心不死的敌人。

在平静的圩市里，我非常警惕，总感到谍影重重。

我小时候和小伙伴玩斗争游戏，曾把夏大伯想象成一名特务。有人提出剃头师傅刘麻子才是敌特情报员，因为他瘸腿，走路一瘸一拐的，有时用单拐走路，一蹦一跳；有时用双拐，向前荡悠——很可能，他的断腿下端藏着发报机，每天把坡脊镇的重要情报发给特务机关。夏天闷热，雄蝉悠长的鸣叫给我们带来浓重的睡意，这时革命群众放松了警惕，没听见发报机"滴答"地响起……坡脊这芝麻绿豆般微小的圩市，有什么重要情报需要一个高级谍报员以藏在断腿下的发报机每日汇报呢？

我一直很疑惑，但藏在心里没有说出来。刘麻子伯伯是坡脊圩市上唯一一家理发店的剃头师傅，全镇居民的脑袋，他整日敲敲打打，势必了如指掌。他对我还好，知道我胆小，剃头时不讲恐怖故事，有时还会给我一颗硬糖麻痹警惕。这样，在推子贴上头皮时，我就不会吓得发抖了。

坡脊距离河唇镇十二公里，比芝麻稍大。我上初中后，离开坡
脊的家，每周住在河唇初级中学集体宿舍里，周末骑自行车回家。
回家没有正规大路，经过鹤地水库管理局旁三重陡坡，要下来推车
上去，然后到了鹤地水库大坝上，继续沿着大坝的黄泥路面骑行。
大坝以西，遥远的下面，是一望无际的小山包和蜿蜒其中微小如针
线的铁路。东面，是碧波荡漾的水库。

那时候我正是小猴孩年龄，人生中暂时没有被美好的事物陶
冶，情感也还处在坛封状态，没有迷上同样毛乎乎的女生。在初中
青春期懵懂时期，班上男生和女生还泾渭分明，像猴子一样各自抱
团，互相追逐陷害打击敌视。我脑子里全都是人与人斗争的情节，
对鹤地水库碧波浩渺的美景熟视无睹。骑车在二十米高的大坝上，
有时看到日出，有时看到日落，有时看到炊烟挂着斜斜的飞鸟，在
极遥远的天际消失。

顺着大坝延伸的电线杆上，隔一段就站满成排的水鸟。它们静
默地在电线上远眺，在山与水之间，形成了活动的记忆影像。一路
上，隔一两公里就会有座小山坡，居住着一两户人家。他们偶尔会
在树下摆一张方凳，搁一块木板，上面放几杯凉茶，卖给口渴的行
人。这些凉茶是用附近采集的雷公藤、茅草根和甘草等草药煎煮而
成的，甜丝丝很解渴。两分钱一杯，上面还很讲究地盖着一小方块
玻璃。

星期六中午放学，骑车回家。星期天下午，骑车返校。这是我

初中三年、高中两年的固定行动路线。

我家乡天气炎热，气候多变。骑得满头大汗、浑身蒸腾时，我会找一个僻静库湾，脱得精光跳下去。我们小孩子从小玩水，都善于狗刨。扎进水库里，不是为了锻炼泳技，而是让自己凉快下来。

那就是我们平静而偏僻的小镇世界。

沈从文的湘西虽然偏僻，但诗书香火代代延续。我家乡偏僻炎热，村民顽劣，从未听说过谁家有好诗礼如好酒者。

我父亲在县城长大，十六岁参军，转业后，他担任过廉江县红江农场场长兼书记。农场位于廉江县最北部，靠近粤桂两省交界的石角镇。二十世纪六十年代末，他因反对放"红橙高产"卫星跟湛江地区地委专员张民德发生冲突，带着我母亲不告而别来到坡脊，在一块荒地上抟土垒砖，造起一间泥砖瓦房，种上五棵番石榴树，重新过上刀耕火种的生活。

这个简陋的家是我记忆中的真正乐园。番石榴飘香不仅是加西亚·马尔克斯的记忆，也是我的记忆。加西亚·马尔克斯有个会讲故事的外婆，我则有个讲故事舌头不打卷的父亲。整个七十年代，全国动荡不休，但我记忆中这十年，却是黄金般美好。我父亲随口杜撰的历史上真真假假的故事，成为我们日常饭菜之外的重要精神食粮。

然而，这个小地方，照样有"阶级斗争"。

启蒙的痛楚，即从那个闷热下午开始。

邓丽君甜润的歌声给我的冲击太强烈了。我一直不敢跟任何人说，连对供我上学的大姐也不敢说。我把这个秘密埋藏在身体深处。晚上，我乘着邓丽君的歌声，升上梦幻的云端，并在那云之云上，不知天高地厚地睥睨众生。我知道，我已经被毒蛇咬了，我是一个不洁的人。我说出去，会把毒液传递，会污染别人。我只能在梦幻之中，把自己孵化。

我看见夏伯伯的儿子夏振国从柜台下面直起身来，这才明白，邓丽君的黄色歌曲，是他播放的。夏振国这个家伙，当时也是得风气之先的时髦青年。为采购各种日杂品，他到处跑，南至海南岛，北到长沙武汉郑州，东到广州珠海深圳，是我们那小地方人人敬畏的时尚先锋。他顶上是将绽未绽爆炸头，鼻架一副似明非明蛤蟆镜，唇上一撇似长未长八字胡，颈戴似真似假黄金链，身穿紧紧绷绷的确良衬衫，下着流里流气喇叭裤，手腕上，戴一块闪闪烁烁卡西欧电子手表，正在"滴滴答答"地乱响着。

穿得不像一个日杂用品店老板，倒像是现在的"快男""快女"。

可见，时代无论怎么变，外部的衣着如何更新，内心的变化总是那么微薄。

现在的"八〇后"青年，时尚雀窝头和拼贴衣裤，不过是夏振国大哥的大口喇叭牛仔裤和爆炸头的翻版。

夏振国嘴角叼了一支香烟，好像大黄狗嘴上叼了一根骨头，斜了我一眼。

"烂契弟！不在学校里读书，逛来逛去乜鬼？想学我当流氓吗？"夏振国说。

我已被邓丽君的歌控制了心志，没有答他。

邓丽君改唱《甜蜜蜜》时，我瞅准这个换挡缝隙，元神挣扎回到体内，奋起余力落荒而逃。

那个闷热的下午，我听到了邓丽君的黄色歌曲，并对夏振国的三洋单卡收录机印象深刻。那转动的磁带，在我脑袋里，飘荡着靡靡之音，从此我开始了青春期无根无叶的人生。

我的中学时代

我的老家坡脊是一个比芝麻还小的圩镇，位于中国大陆最南端的雷州半岛。

你们用网络地图搜索吧，我保证你们怎么查找怎么放大，都找不到也看不见我的家乡。我自己在网络地图上找过很多次，但怎么也找不到。

我的家乡似乎被一阵热带季风刮跑了。

我第一次脱离野生猴孩的人生，是上龙平小学。上课内容主要是种甘蔗，课余捉鱼摸虾，没有作业的记忆。乡村学校规定，回家吃完晚饭后，学生还要结队回学校晚自修。二年级开始，小孩子各自拎着一盏小煤油灯，在漆黑的夜晚，行走在漆黑的小路上。

身体融进浓稠夜，蚊虫热情，脚步轻快，乐融融地返校。

在教室里，勤力的同学会翻翻课本，抄抄作业。有人在后排叠纸飞机，我在前排，忙着在灯罩上炒豆子。乡村孩子想象力丰富，动手能力强，也容易满足。玻璃灯罩上搁一口用香烟包装锡纸叠成的小锅，从衣兜里掏出一把黄豆，逐个地放进去，煤油灯豆大的火焰不断加热锡纸锅。香气就袅袅飘散在整个教室里，同学们屁股都坐不住了。

就在那欢脱时候，我练就了抛豆嘴接的绝活。

那时管理松散，学习随意。住校老师不知去哪儿打牌了，不管我们闹翻天，不管我们打破墙。乡村本来寂寞，闹得越欢越解闷。

教室里，是嘉年华般欢乐的时光。

龙平小学在一片山洼间，山上甘蔗林一望无际，山下大水塘波光粼粼。小动物多，小虫子也丰富。到夏天，我们的食物从豆子转向了蝉及禾虾。

晚自修八点钟结束，天已晚，夜已深。几个班两百多学生从教室出来，前前后后在路上走，往各种方向散开，每人提着一盏小油灯，在浓夜里星星点点。

人的行踪散出很远，说话声和灯光，点缀了寂寞的夜。

我家乡属亚热带气候，天气变化多端，刮风打雷下雨，电闪雷鸣洪水，生活贫穷而欢乐。在简单快乐中，很少有人想到将来怎样，要做一个什么样的人。

小学毕业考试，语文和数学成绩加起来九十九分，我原本升不上河唇初级中学。大姐走了个后门，才把我塞进了河唇初级中学。

那时河唇是个小镇，仍叫河唇公社。河唇又是柳州铁路局辖下火车枢纽站所在地，从北方来的火车从河唇枢纽分成两个方向，分别前往茂名和湛江。河唇车务段，据说段长级别等于县长。河唇镇还有一个大单位，鹤地水库运河管理局。

水库称为"鹤地"，可见我家乡曾经仙鹤舞翩跹，是化外之温柔乡。

鹤地水库面积巨大，水质清澈，在青年亭上极目远眺，烟波浩渺，横无际涯。波中数个小岛，如同蓬莱仙山，浮沉明灭。我没有上去过，不知有什么珍禽异兽、古树名木，一度十分向往。

上初中后住集体宿舍，我每周六骑行十二公里回家，最重要路段，是在鹤地水库大坝上。

大坝是黄泥路面，平时还好。如果下雨泡过，手扶拖拉机碾过，就是黄泥沼泽了。没有没顶之灾，但也非常泥泞。黄泥黏性大，骑车企图冲过去，黄泥巴会给你来个急刹车，你就会向前飞出去，落在泥汤里。

在鹤地水库边，落汤也不怕。扛车翻过堤坝，冲进水库浅滩里，直接脱个精光，在水里泡掉黄泥浆后，短裤背心摊在石头上晾晒。

河唇初级中学把学生按优良中差分为四等，我在第四等，四班。优等生都在一班，选了又选、拔了又拔，配备了最好的任课老师，每天精心施肥、除草、剪枝、育苗。

一班的数学老师捏着粉笔随手就能画出完美的直线，四班的数学老师用上三角板都计算不出两个直角相加之和。一班的语文老师白发苍苍一肚墨水不看课本就能侃侃而谈指东打西，四班的语文老师青葱松脆看着课本也只能照本宣科结结巴巴。一班的英语老师能把英语说得跟八哥似的婉转动听，四班的英语老师原教德育，英语比猪八戒还差，只会几句"耗子打油"（How old are you）、"我是有奶"（What's your name）、"打死啊喷死噢"（That is a pencil）。

一班是精制油，四班是地沟油。

我们班相当于垃圾回收站、差生集中营，全公社小坏蛋一网打尽，在这里自生自灭。

我们的任课老师有杀猪的、开拖拉机的、打预防针的、做冰棍的，身份都十分奇特。

我们班两年内换了四个班主任。

初二结束时，来了吴卓寿老师。

他把我留在教室里，盯着我，看了十几分钟，看得我发毛，紧张，坐立不安。然后向我提问：

"廉江去过吗？"

我点点头。

廉江是县城，古称罗州府，据说唐时建制，一千多年历史可谓悠久。县城街道如迷宫，房屋如窑洞，风气野性，人民凶猛。我去过廉江很多次，南街有一家私人书屋，在那里坐着翻书，是我记忆最深的美好阅读时光。

对乡村孩子来说，县城就是大城市了。

"喜欢吗？"吴老师问。

"喜欢。"

"湛江去过吗？"吴老师又问。

湛江市是地区首府，南海舰队基地，美丽海港，一座大城。

"去过……"

我小时候去过两次，母亲带我和弟弟去湛江动物园看过猴子和哈哈镜。

"喜欢吗？"吴老师用沾了蜜一样的语调继续问。

我点头。

"你喜欢，我也喜欢。"吴老师说，"湛江是多好的地方啊，我做梦都想去湛江工作。"

我没想到吴老师还会做梦，觉得他有些与众不同。

"那，我问你，广州去过吗？"吴老师的声音从天外传来。

广州？广州，一听到这个名字，我心里就像打翻了七八瓶调味酱，酸甜苦辣咸一起涌来。

没等回答，吴老师就从我的小黑脸上看到了答案。"广州，别说你，我都没去过……"

吴老师坐在我面前的桌子上，朝教室外面挥挥手，赶走几个探头探脑的家伙。他居高临下，势如破竹地对我说："广州，就是天堂！人人都绫罗绸缎，天天都山珍海味。妹子个个都靓，你想想，好好想想……"

我的脑浆完全不够用。

我脑浆里有一小根灯芯，被吴老师能把稻草说成金条的舌头点燃了。只需稍微拧一下，这根灯芯上的火就会旺起。"如果你好好读书，今后考上大学，就能去广州了。大学毕业后，你就可以留在广州工作，娶靓妹子做老婆。今后，你们的后代就过上幸福生活了。"

那时我才十四岁不到，吴老师就对我开始了成功学教育。

他的引诱式教育是有效果的，我被他鼓动得身体里有一阵火腾地烧了起来。

吴老师的宿舍与教室连成一体。

他不仅教我们语文，还顺便烤面包。每天烤五十个面包，四十五个卖给我们，剩下五个他们全家当早餐。

吴老师是我家乡最早具有灵活商业头脑的高人。他曾停薪留职开汽车跑长途，被人骗了几次蚀了老本，又回学校教书。很久之后，他真的去了湛江，在赤坎一所学校教书，实现了自己的梦想。

在他的煽动下，我开始努力，但基础太差，已经晚了。中考我总分三百六十分，以全班第一名的成绩，算是正式地考进了河唇高级中学。

河唇中学位于河唇火车站另一边的坡下，高低房屋错落着，看不出什么景致来。

这所学校位置偏僻，没有什么值得一说的。但我后来考证了一番，发现一千六百年前唐朝设立的罗州府，就位于河唇中学某个柴房屋基下。不久前，廉江市政府在河唇中学设了一块碑，证实了罗州古城遗址就在这里。

河唇中学虽然校舍凌乱，设施倒是一应俱全。十几排瓦房坐落在不同方位，七零八落的。各个班级也不一定紧邻，有教室空出来了，就安排一个新班级进去。每个班都占有一幢瓦房，一头是教室，一头是集体宿舍。上课下课，都在隔壁，很方便。

河唇中学原本只有理科班。

读到了高二，我强烈要求成立文科班。校领导很为难：文科班要上地理和历史，哪里有老师呢？他们神秘地调配了一下，一位地理老师教语文，一个政治老师教地理，历史老师的身份是个谜，他已经很老了，走路都走不稳，说话我们也听不清楚。有一段时间，我兼任了同班同学的历史老师，但不记得讲过什么了。

高二毕业参加地区预考，只有我一个人上线，有参加高考的资格。班上其他同学幸灾乐祸地看着我，欢送我搬出集体宿舍。学校专门拨出一间多年空置不用的招待所房间，给我一个人住。作为有史以来第一位过预选线的文科生，我享受了特殊待遇，搬进了招待所，还有睡懒觉、不做早操的特权。

我还火线入了团，火线当上了团支部书记。

一九八六年高考，我六门成绩加起来三百八十四分。这个分数放在上海可以上个大专，在我们湛江只能上个"云梦学堂"。

号称公平的高考制度，因地区差异而造成极度不公，边远地区孩子即使付出更大努力、挥洒更多汗水，录取率仍然远远低于中心大城市。这种极不公平的高考制度，仍被一些目光短浅的人维护着，他们仍以为"高考是唯一公平的制度"。

我又去县一中文科补习班。父亲说，再读一年，考不上回家卖凉茶。

我大哥已在县一中文科班复读三年了。我进文科复读班时，他已是第四年复读，成了班上的复读达人。我初到贵地，人生地不熟，好在有"地头蛇"我哥罩着，引荐各路豪杰，才不被欺负。那时才知道，县一中文科复读班藏龙卧虎，地杰人灵，各路复读大神云集。我慢慢地知道，县一中上一年理科数学状元高考失手，改在文科班复读。市一中有位超级学霸高考失手，改在文科班复读。还有好些是各种竞赛大奖获得者，个个都是金牌选手，如假包换的一等一"考林高手"。我到了县一中才明白一山还比一山高，强中更有强中手。还有一位老前辈，已复读八年了，每天穿着同一件白衬衫，人生已历尽沧桑，表情生出了苔藓。我打招呼，他一声不吭，既不看我，也不看我哥，目光空洞地飘过这个世界，在浩瀚宇宙的空白处游荡。他什么也不关心，谁也不看，只停留在自己的内心深处，脑门上荡漾起几线很深的波纹。

我哥给我丢了一个眼色，挪开几步之后说，该豪杰是文科班历史顶尖高手，有可能是在背鸦片战争呢。上次考试，他就在鸦片战争上失分了，痛失良机。

那再上一年呢？我问。

戊戌变法，我哥说。

三年前呢？我好奇极了。

一条鞭法。我哥说。

四年前呢？我实在忍不住了。

租庸调制度。我哥淡淡地说。

总结下来，顶尖高手虽无所不知，无所不懂，但每年都有一次失手，以致于沦落至今，与凡俗如我为伍。他复读八年，别说历史课本了，就是地理课本、语文课本，均了如指掌，倒背如流。可是，他却非常不适合高考，每次高考前，都会失眠，会身体发抖，最终失手。

在文科复读班，我资历最浅，心理负担最轻。

如父亲所说，我擅长卖凉茶。在坡脊赶集日，两分钱一杯的凉茶，我一天可以卖得十七八块钱的巨款。

前两年志得意满时，好几次在大学里演讲，我都吹牛说，如果我没有考上大学，现在就没有王老吉加多宝什么事了。

烟尘滚滚，湮没多少英雄。

谁知道呢。

高考「恐怖主义」

一

二〇〇九年夏季高考第一天，我动手写这篇文章。天气很好，阳光明媚，温度适宜。适逢周末，我睡了一个懒觉，心情愉快。

九点四十三分，考生已经进入考场，找到座位，领好试卷，埋头疾笔了。

最优秀考生在这时也难免战战兢兢如履薄冰。

时间一分一秒地流逝，三个小时考试时间，不容浪费一毫一秒。

试题密密麻麻，像沼泽陷阱，表面青草茂盛，底下软泥无边，稍有不慎，就有灭顶之灾。在考场里，安静就如凝固冰块，压在每个考生身上。仿佛没有声音，但到处都是声音。咳嗽贴地爬行，轻轻抽动鼻子，下意识挠挠头皮，眼角悄悄地张望，不小心跟监考老师目光正面相撞。写字的"沙沙"声灌满耳朵，让身体绷紧。

千钧一发，可不能走神啊。

像我这样胡思乱想，无法集中注意力，乃考试大忌。

都什么时候了，在书房里，电脑键盘上刚打下几个字，我又按删除键删掉。外面太太命令女儿立即去做周末作业，女儿抱着一本书看，一声不吭。第二次，太太声音提高了。女儿脚步踢踏，回到自己房间。我耳朵里全都是各种声音，我脑袋里塞满了信息垃圾。

这作文该怎么写？

我出去倒水，跟女儿闲聊了几句。

我想到二十二年前自己参加的高考。

那时七月考试。在我广东老家，七月真的会"流火"，人在考场里浑身是汗。吊扇在头顶上旋转，吹吐更大的热气。试卷也热得微微颤动，笔杆上满是汗水，试卷上也滴上了好几滴。这算不算毁坏试卷？是不是属于考场作弊？对考试成绩有没有影响？无论怎么冷静，都不可能完美地答题。总有错误，总有失误，总有遗憾。命题老师好像是唐僧师徒五人路上碰到的各种妖怪。妖怪们想尽办法要吃掉唐僧，命题老师的阴谋是让我们这些考生迷失方向，一个接一个失踪。

考试失败了，不是小遗憾，而是终身遗憾。

太太跟我同级，每次聊起高考，都如劫后余生。

大学毕业到现在快二十年了，她仍然摆脱不了高考梦魇，总在夏天梦见自己又一次走进考场。每次都是噩梦，考试的结果都一塌糊涂。在梦中，她的人生走向另外一条密道，在某个交叉点消失，拐向看不见的丛林。

太太从小学一年级开始就是好学生，然而，对考试的恐惧却无法消弭。

我从小学开始就是差等生。小升初是大姐走了后门，进了河唇初级中学初一（4）班。全班四十五人，个个都是差等生。男生不是李逵便是鲁智深，女生既是顾大嫂也是孙二娘。好家伙个个都是逃学威龙，是爬树越墙的高手。雷州半岛自古是蛮荒之地、瘴疠山乡，白天也少人走，夜晚则更加寂寞。公社初中，像样的教师很少，最好的学生和最好的老师都集中到县一中去了，稍差的在县二中。全县精华学生，提纯又提纯，像一滴蒸馏水顺着锅盖边缘，奇迹般滴入试管里，成了县一中高级杂交品种。县一中可谓高级畜牧场，每一名教师都是训练有素的畜牧师。他们内心冷酷，精于饲喂，擅长配种。闯过他们这一关，才能更上一层楼，成为品质优良的家畜。

残酷的淘汰，一粒沙子都掺不进去。县一中每一个学生都是内力深厚、眼神迷惘的大内高手。他们走路宛如水上漂，做作业仿佛砍瓜切菜。跟他们相比，我只是一头孱弱小羔羊，在凶险的荒原上晃里晃荡，不是被大灰狼吃掉，就是迷失在沙丘上。

然而，小概率事件发生在了我的身上。

初中三年级一开学，我碰到了一个神奇的吴卓寿老师，一个教学法不可外传的教育心理魔术师。我的这位恩师在国家改革开放第一年就买了一辆二手东风牌卡车跑长途运输，第三年铩羽而归继续当语文老师。他不忘商业老本行，每天做五十个烤面包，四十五个卖给我们全班同学，五个留给自己全家吃。

有一天，他问我：廉江去过吗？

我点点头。

……

接着的内容，上面已经写过了，这里从略。

记忆一旦回到过去，我就会撞到吴老师身上。我在很多文章里写到他，在长篇小说《我的八叔传》里写到他，在上面那篇《我的中学时代》里，又写了他。吴卓寿老师是我绕不开的大山。我就算像愚公一样努力，也搬不动他半分。需有天上大神下凡，才能助我走上坦途。

吴卓寿老师这种怪招选出的老师，似乎再也没有了。

这才是真正的因材施教，这才是真正的教育家。

对于我这种生性顽劣的学生，吴老师那种邪派重锤猛击，才能敲开我坚硬的脑壳。

二十多年前，我们河唇中学的文科高考录取率为零——因为根本没有文科班。

我在河唇中学读书，高二参加文科高考。之前，文科班全班只有我一个人通过预考，这才有参加高考的资格。高考统计升学率，各地都在作假，过了预选线的学生才开始统计，没通过的已经有百分之五六十了。即便这样，全县过了预选线的考生也只有百分之三十左右的升学率。说高考是千军万马过独木桥，很生动，但缺乏具体的残酷感受。我同年级的河唇中学文科班的所有同学都没有过独木桥的资格，连独木桥都不知道什么意思。不仅河唇中学如此，其他公社中学大多如此。在我们那种教育落后地区，县一中的学生才有考上大学的机会。那个时候，连廉江二中也只有百分之十几的升学率。竞争之残酷，可谓刀光剑影血流成河。

上影投拍《高考1977》，我受邀去看没剪好的样片。开会时老三届作家和学者纷纷发言说，当年高考录取率百分之三十，艰苦得难以置信。说完都不胜唏嘘，赞扬这部片子如何如何地打动人心。

我发言时说，我是一九八七年高考，家乡考生的录取率不到百分之十五。

高考，不仅是一九七七年让人难忘。哪一届不惊心动魄？

每一个参加过高考的人，回忆起来都有无数惊悚在心头。

二

我一九八七年第二次参加高考。二十年过去了，关于那两次高考，我的记忆一片模糊。第一次，我高二就毕业了，在河唇中学参加高考。但考场在哪里，我一点记忆都没有，更记不住任何考试内容。第二次，是在县一中文科补习班没日没夜拼命了十个月后，和大哥结伴去设在县二中的考场。

第一门应该是语文。

我的高考语文成绩不错，但考过什么内容，一点都不记得了，连作文题都想不起来。可见那时纯粹是应付，考完就遗忘了。

语文卷子有两分拼音题，我没学过拼音，只能瞎蒙。我后来在网上搜到一个当年的作文题，说是小学修游泳池，引起了争议，就这件事情写一篇报道。这个题目不算刁钻，平庸而平等，人人都有机会写。

但高考于我的记忆，大概就像一件不道德的事，过去就忘记了。渐渐消退，终至于亡。记忆中芜杂园地，如今油菜花灿灿，到底是只剩下一片鲜亮亮，却什么都看不清了。

试卷内容完全忘记了，但是考试过程我记得清清楚楚。我们所歌颂的教育和所谓的高考公平，给我留下了至今都抹不去的恐惧感。

一九八七年的文科考试，考场设在县二中。我和补习到第四个年头的哥哥一起参加了那年的高考。哥哥是老革命了，屡败屡战，经验极其丰富。为了悲壮的高考大业，我们预先住进了县一中招待所，以避免家里的各种干扰。

第一天晚上住进招待所，我们就失眠。我越想第二天应该精神饱满，应该早早睡觉，就越睡不着；越睡不着，就越觉得还有无数的知识都没有学会，就越觉得命题老师肯定会出那些我一窍不通的考题。这样想着，脑袋越来越清醒，越清醒越睡不着，越睡不着越恐惧，越恐惧越绝望，越绝望越清醒。如此恶性循环，鸡就要啼了，眼皮开始浮肿沉重。窗外天色熹微，是令人压抑的鱼肚白。

我哥哥早有准备，掏出一个神秘瓶子，低声说：安眠药！

安眠药这种东西，我此前是只闻其名不见其形，也不懂得该吃多少粒才好。吃多了怕中毒，或睡着了醒不过来。前虎后狼，可谓凶险。思量再三，我们决定一人吃半粒。结果，药完全没有起到作用。也不知是假药呢，还是药量不够，再加上忐忑不安，就这样睁着眼睛到天明。

第二天一大早，脑袋昏昏沉沉，心里上上下下，似有一盆冷水泼下来，从头凉到脚，从外攻入内，可谓内外交困，悲愤莫名：一年辛劳，每天拼命，凌晨一点才睡觉，四点就起床；背英语，做数学，睡眠严重不足，身体超级虚弱——难道，就因头一天晚上失眠，便铩羽而归，名落孙山，满腔热血付东流？郁孤台下东流水，中间多少行人泪。痛苦锥心，失望如瀑，更与何人说？如果手上有两把板斧，如果心肠毒如李逵，我都可能大喝一声，掀翻课桌，反出考场，然后一路杀上梁山，喝酒吃肉，大快朵颐。

我想梁山泊的兄弟们大多是落榜考生，都有满腔血泪，无不一肚辛酸。

我的第一次，到底是什么时候？在哪里？我全都忘记了，连一点记忆的碎屑，都拾不起。这次高考经历，就如此神秘地消失在记忆深处，仿佛根本不存在，好像是虚构的。这样想，我有点心慌，有点惆怅。明明是真的一件事情，怎么就丢失不见了呢？在我的记忆这条污浊的小河里，无论怎么打捞，都无法摸到哪怕半根枯枝败叶。

我惆怅地抬头四望，一片茫然。

记忆不可靠，历史也不总是确定的。即便存在过，也会因各种原因而不存在。可能的原因之一，是在漫长的回忆中，我有意无意地淡忘，终至于把这件事情彻底销毁了。

只记得第一次高考后，到县一中读文科复读班。县一中要求高，报名参加复读班，还要看上一次高考成绩。我六科成绩三百八十四分，勉强混进来，一学期八百块。在一九八六年，这是巨款了。一间大教室，一百零八人，前辈中最资深的已补了八年，满脸皱纹，两鬓斑白，常踱步于走廊，时自语而迷惘。我哥哥补习四年，恰青春年少。我是高二毕业，类乎应届生。在一百零八位好汉中，我位居倒数第一，但上升空间巨大。

回想当年高考，人生一片狼藉。

高考语文中，作文分数占了很高比例。在一考定终身，相差一分就会命运决然不同的高考制度下，语文的命题方式非常不合理。语文试卷中的客观题可以量化和标准化，而作文这种主观题，对考生最残酷，最不合道理。

有明确材料的作文还好写一点，范围明确，议论和归纳都有方向，无论怎么都能敷衍成文。最怕抽象的、言志的、空洞的一道光秃秃的作文题。

二〇〇七年，江苏《现代快报》约我写一篇高考同题作文。

这不是公平竞赛：

考生要做其他的试题，我只需写作文。

考生有逾千钧之重压，我只是玩游戏。

然而，上午九点半记者发来作文题目时，我仍然一下子紧张起来了。

这年江苏省的语文作文题是"怀想天空"。

这个假大空题目真是非常难写。虽然我知道按照套式该怎么审题怎么论证怎么拔高，但我一看到这种空洞题目就发懵。忐忑如我，怀想自己的家庭都已经没有把握，还怀想什么天空？连我第一次参加的高考，都没留下一点痕迹。重新梳理我走过的羊肠小道，过去的很快就过去了，连一颗稗籽都不曾留下。脚上曾沾过的泥土，手里曾摸过的鱼，那么具体可感，也都如同梦幻。现实里充满了捉摸不定的空气以及不可预测的命运：一排漂亮的广告牌后面，掩藏着破败的棚户房，居民们进进出出如过街老鼠。还没有动迁，这些人就被宣判了流放。一如美国影片《楚门的世界》里，楚门的人生是一场严丝密缝地导演着的戏剧。时代变化之快，就算二郎神有第三只眼睛也看不过来。

这片土地如此不可测，脚底下窨井盖都可能不翼而飞，好好的楼房会突然陷入深坑里。你不紧盯着地面，怀想什么天空？

诗人钟鸣在他的书《象与象罔》里说：隐鼠啄地而行，令人立场空虚。

我的眼睛紧盯着地面，脑子里想到：看见蚂蚁不祥。

这句话忘记是出于《易经》，还是什么搞笑句子了。

　　五月底我在贺兰山下，被嶙峋高拔、峻峭锋利得令人喘不过气来的岩峰所震撼，被那些历经几千年风雨的诡异岩画所炫目，即使戴着墨镜，我仍然不敢长时间仰视那蓝沁入骨的天空和凝固不动的白云。一低头，我看见一只黑头蚂蚁，在浓烈阳光下漫步而去。蚂蚁贴地那么近，脑袋隐秘地谛听，对于这个世界不测的命运，它们也许比我们了解得更多。

　　蒙古铁骑从贺兰山谷切入，大刀发出瘆人的啸吼，西夏这个谜一样的王朝，经历了六次打击才轰然崩坍。只有蚂蚁，不受人间惨烈的影响。

　　地面也是不稳定的，但天崩地裂于蚂蚁何害？蚂蚁身体微小，重量若无，在这种巨大的变动中，悄然独立。

　　建立在地火之上的岩层，在大自然的伟力下，如北冰洋上薄薄的冰层。

　　这个时候我忙着低头观察：左右观察，前后观察，上下观察。在一个红绿灯面前，有无数的汽车、行人极其无序地穿行，混乱得令我恐惧。这个时候，到底有多少人会抬头仰望天空？又或者，有空怀想天空？到底，天空有什么值得怀念的美好品质？

　　"天空"的特点，就是"空"。在古人的头顶，天空如穹庐，四野如铁锅，给人造成一种栩栩如生的洞穴的感觉。于是，空的来由是穴。我查《说文解字》，曰："空，窍也。内无所物，称为空。"天给我们的感觉，就是大而无物。想念天空，就是想念空洞无物。

　　一轮烈日，半轮柔月，若干星星，不填其隙，愈显其空。本来无一物，何处惹尘埃？无与尘，相对而混成。

　　怀想天空这个大窟窿，除了空无，还有什么？我什么都想不出。过去，我们的古人抬头仰望，怀想到的基本是月。春、江、花、月、夜，每一样都是确实可感的对象，浑然一体，自然自在。又曰：海上生明月，天涯共此时。月给人的感觉，不仅是思念，而且是安慰。月是物，是空中的大物，至少视觉上如此，它是比不能逼视的太阳还要具体可感的，有嫦娥守宫、有吴刚斫树、有玉兔杵药的寂寞仙境。咏月，即咏世。既有人世，也有世事。世事无常，惟月常亮，以至于古人有"江畔何人初见月，江月何年初照人"的浩叹。这首被清末学者王闿运称为"孤篇横绝，竟为大家"的《春江花月夜》，所咏之物，天上地下，无一不可感可触，无一不实不确。孤月轮和春江水，扁舟子和明月楼，玉户帘和捣衣砧，全都是人间世事，不尽慨叹之物。张若虚叹人世之空，也从实有中生发。人家是怀想明月嘛，如果怀想天空，怎么能不空洞无物，无病呻吟呢？

　　语文高考作文题目变得越来越空洞，越来越说教，越来越无物了。作文，需要有感，感的对象是物，所谓"言之有物"就是这个意思。不然就是无本之木、无源之水。咏叹的对象为空，如果换成一个哲学家，如康德，坐下来苦思冥想几十年，精骛八极，神游万里，引经据典，上天入地，或许可以作出一部书来。对于一名考生，三个小时内既要答客观题又要写作文，还是这种空洞无物虚情假意的题目，实在是很不容易的。

我看着看着眼睛都花了，挠破头皮无觅处，试题之难，难于上青天。

我没有心理负担，时间更加充裕，仍然是狗咬乌龟——不知怎么下牙。

我先写了一段，百十字，回头看离题万里，只得另起炉灶。又看，更是不切题之至。匆匆写完，修改错别字，发给报纸。

我出了一身冷汗：此时如果正坐在考场上，我会不会当场昏倒？

报社请特级语文教师给我们几个成年人的作文打分。

这位特级老师是语文界老专家，目光老道，一眼就看出三个毛病：一是离题，二是缺乏中心思想，三是废话多。他说，从××到××，十一字可以删去。我清楚地记得这句话：作文是不能有废话的。

从语文界、考试界角度来看，应试作文有自己的特殊要求，这位特级语文教师的话自有道理。像我写的这篇作文，真交卷了能不能及格？

我真没把握。

像这种作文题，阅卷教师到底怎么把握？

得分点在哪里？何者优何者劣？要励志？要远大理想？还是要空洞抒情？

然而，这有意义吗？这公平吗？写作文，必须拔高？必须励志？我可不可以讨厌天空呢？我可不可以没有远大志向呢？譬如不才在下，在当年那位有如鬼谷子一样神秘莫测的吴老师交给我的锦囊里，只有一个远大理想：上大学，留在大城市工作，讨一个大城市妹子做老婆，当大城市的小市民。这就是我的毕生理想所在。这个想法庸俗吧？小市民吧？不高级吧？不能得到高分吧？反之，如果要得高分，我势必撒谎，捏造。

我如果在"怀想天空"时，把自己的小市民理想说出来，这作文可能是"玄之又玄"，及格都难了。

不从具体的情感出发，不从身边的事物出发，而是假大空地谈理想和志向，这种恶习似乎愈演愈烈了。这道作文题还不如二十年前我参加高考时的应用题合理。

散文界的空洞抒情，我一向深恶，极反对中小学课本里大量选入抒情散文，也反对高考作文写抒情文。

我写文章分析过朱自清先生的散文，题材无非三样：家人、朋友和游历——都是身边的、可感的、有可表现对象的，无一人一物无出处。在给叶圣陶的信里，朱自清自己说，《欧游杂记》里某些篇章，是参考了哪些游记哪些指南的，有的甚至直接抄入。他对乘美国运通公司的汽车一晃而过的那不勒斯实在无感，干脆就不写。朱自清的《伦敦杂记》，是他散文里最好的。他笔下有房东大妈，有乞丐，有旧书店，有名人故居，有海德公园，却没有天空。我通读了《朱自清文集》，发现他的眼睛从来没有看过天空。他看过白马湖，看过西湖，看过秦淮河，看过邻座少女，看过北京郊外古寺，就是没有看过天空。

我曾看到有人贴台湾二〇〇八年语文科试题。

作文是"应用写作"，占十八分。题目如下：

> 阅读下文，试以楚国、齐国或第三国记者的身份，择一立场报道此事件，不必拟新闻标题。文长限250～300字。
>
> 晏子使楚。以晏子短，楚人为小门于大门之侧而延晏子。晏子不入，曰："使狗国者从狗门入，今臣使楚，不当从此门入。"傧者更道，从大门入。见楚王，王曰："齐无人耶？"晏子对曰："临淄三百闾，张袂成阴，挥汗成雨，比肩继踵而在，何为无人？"王曰："然则子何为使乎？"晏子对曰："齐命使，各有所主。其贤者使使贤主，不肖者使使不肖主。婴最不肖，故直使楚矣。"

这道题，考了文言阅读、新闻写作，横跨古今，视野开阔，弹性十足。可以正写，亦能戏说，有才无才，皆能成篇。跟"怀想天空"，有天壤之别。

与此相对，二〇〇八年大陆各省的作文题，江苏是"好奇心"，上海是"他们"，天津是"人之常情"，宁夏和海南是"我和小鸟"。实与空之间，体现出教育思想和教育理念的巨大差别。

这也是"人化"教育与"物化"教育的差别。

一次终生难忘的 汉字学习

小学二年级，我学会了七个字：

血债要用血来还。

二十世纪七十年代末，我在广东老家读龙平小学。

唐山大地震过去不久，全国如临大敌，全民皆兵，连我们距唐山三千公里之遥的乡村小学也搭建了防震棚。

一九七六年九月一日，我第一次去龙平小学报到。父亲带去一块竹蔗棚，用竹篾和甘蔗叶织成。学校收到这些竹蔗棚后把它们铺在防震棚顶，再上沥青纸，这样就可以防雨、隔热了。

在防震棚教室里上课，顶棚常会漏水。有时这里，有时那里，雨珠如麻未断绝，同学们都兴高采烈。漏水处不定，变来变去，不是破漏厉害，一般不维修。雷州半岛多雨、多雷，艳阳高照时会突然黑云压顶暴雨倾盆。有些同学桌前会出现一道锋利的水线，从屋顶射入教室泥地，然后在其他地方又是一道水落下，发芽开花。

教室里立即炸开了。

同学们从小就是捉鱼摸虾长大的，天性调皮，爱玩水。

很多同学上学也是打赤脚的。上课无聊烦闷，天降瑞雨正是好玩时节。手上假装写字，脚下和着黄泥巴玩得不亦乐乎。

防震棚教室给我们带来的快乐远大于苦闷。不遮风不避雨的教室成为一种开放空间，学校周边围绕着水塘、甘蔗林、水稻田，各种声息丝丝入耳，蜘蛛、蚂蚱、青蛙、麻雀，个个鲜活。

一放学，男同学动若脱兔奔向水塘，边跑边把书包朝旁边庄稼地里扔，以几乎不可能的手法边跑边脱衣服边扔向空中，精光溜滑的身体突然在时空中出现，然后一脑袋扎入水里。

有次课间休息，我和一个男生在一间空闲防震棚里玩耍、追逐。男生比我凶，对我发动袭击，动作野蛮。求饶未果，我拔出刀子来恫吓他，试图吓退他的进攻。男生要抓我，一挥手，手腕被铁丝划伤了。

我还在惊惶间，这位高手忽然大哭起来。

他哭喊着跑出去，嚷嚷着说要报告刘老师。

果然，他去找班主任刘老师告状，说我用刀子割了他。

我在防震棚教室外面徘徊很久，想逃走。班主任刘老师是一个可怕的人。他读过初中，在村里杀猪，后来当了语文老师。在他眼里，我们像一群待宰的小猪。

我进入教室，忐忑不安地在座位上坐下。刘老师刚刚进行完上课仪式。又过了一阵，时间似乎停顿了，平时调皮捣蛋的同学一声不吭，连喘气都压着。这时，我听到刘老师几乎是笑眯眯的、很享受的声音：×××，请你到讲台上来！

他用了"请你"，在我们乡下，任何人都不会这么礼貌。一般，老师们都是大喊："你给我上来！"或者，"你给我滚上来！""你给我死上来！"

那么客气，让我觉得大祸临头。

气氛压抑，空气沉重。我站起来，两腿发沉。同学们的面孔往后面逐一飘逝，似乎魔幻之影。

他们淡漠而紧张地看着我，好像目送即将被钉上十字架的犯人。

如果我们教室也有十字架，我一定会被钉上去，就像我们平时折磨青蛙一样——那真是小孩子恶性的罪过。也许，刘老师代表冤屈的青蛙在惩罚我们？我很难从中寻找到什么线索。时间过去了那么久，我记忆中的小学教师仍带着恐怖气息。虽然没有十字架，但刘老师充分地使用了"血债要用血来还"这句话。

我挪到讲台旁。

刘老师用一种悲天悯人的神情盯着我，嘴角牵出一丝神秘笑容。

他上上下下地打量着我，像在看一只待宰小猪，目光如水一般，让我感到透心凉。然后，他轻轻地说："请你把右手伸出来。"

我伸出右手。

刘老师捏着我的手腕，仔细观察，像慈母缝补衣服前，在寻找针眼所在。然后，他用铅笔的锋利笔尖，在我手腕上划了一道疼痛印痕。

铅笔不容易划出印痕，但刘老师追求完美，为了准确复制出一道血痕，他用上了直尺，认真地量了好几次，修改了再划，然后再修改，力图达到完美境界。

划痕工作结束。他转身从讲桌上挑选了一根红色粉笔头，卧着粉笔身，在黑板上写：

血债要用血来还

七个笔画粗大的粉笔字，占据了黑板中央位置，发出凛冽的杀气。

刘老师拍拍手掌，斜射进来的阳光中，腾起一片灰尘。

刘老师问：

"同学们，知道这是什么字吗？"

比平时齐整十倍、响亮十倍的声音回答：

"不知道！"

"今天，我们就一起来学习这几个字……"刘老师说，"跟我朗读三遍：血债要用血来还！血债要用血来还！血债要用血来还！"

我斜着眼睛看黑板，那几个大字扑向我，像是上古猛兽。

我再也不会忘记这几个字了。

后来我曾用繁体字反复地写"還"。

在不断的重复中，我对这个字了如指掌。似乎没有另外哪一个字如此深入地进入了我的生命中，成为一根不断生锈的锋利角铁。字形的每一个笔画，都隐藏着恐怖的秘密。

查《说文解字》：

"還，復也，从辵瞏聲。"

"辵"字，是"乍行乍止"的意思。

这个偏旁后来变成了"走之底"，再后来声旁"瞏"简化成了"不"，终于给这个字带来了崭新内涵。

"还"这个简化字，声旁没有了，"瞏"改成了"不"，仍然读"瞏"声，毫无规律可循，带着某种不证自明的正确性。仔细一想，简体字的"还"，居然变成了"不走"。但"不走"怎么"还"呢？这是一个问题。也有可能，"不走"了，当一个恭奴仆，甚或跪在地上，更容易"还"。只是，可能被还债者，根本就不知道自己欠了什么债，也不知道该怎么还。

刘老师朗读好几遍后，又问：

"同学们知道这是什么意思吗？"

还是整齐回答：

"不——知——道——！"

"不知道"就不知道呗，有必要大声喊吗？

听到这种整齐而洪亮的声音，我浑身一阵颤抖。

刘老师捏着我的胳膊，把我的手举起来，向同学们展示：

"看到了没有？×××同学割伤了陆国柱同学的手，欠下了滔天的血债！现在，我在他手上的同样位置划上记号，然后，我要用刀子把他的皮肤切开，让他流出一样多的血来……这样，他就得到应有的惩罚了。这就叫'血债要用血来还'！明白了没有？"

整齐洪亮的回答：

"明——！白——！了——！"

刘老师掏出一把折叠刀子，捏着刀背，把它打开，压在我手腕上，对准那道铅笔划痕，虚悬着来回锯动几次……

那个情形真是记忆犹新，好像发生在昨天。

刘老师笑眯眯的样子，是我见到过的最恐怖的表情。从那以后，每次我想起这件事情，都会感到惊恐，吓得失眠。这个场景在我脑海里变化多端，如同孙猴子一样，随我的心情而变化。它像一只生命力旺盛的毒蘑菇，总有一天要在我的身体里爆炸。

一个「霸凌」少年的回忆录

说起来，我也曾是一个"霸凌"少年。

"霸凌"对象，是初中女同学丽丽。

丽丽天生丽质，是我们的班花。她腿长身婀，眼澄睛澈，一头丝般长发，三千烦恼全无。走路如小鹿轻盈，声音像细雨伤春。八十年代初的风尚，初中女孩都是童花头，可丽丽这一头长发，这样地油光水滑，是令不良少年滑向深渊的恶之花。

幸之极，不幸之极，丽丽的桌位正好在我之前。

每次老师说上课、起立、坐下，她的长发都在我眼前飘荡。发际两旁，两只耳朵如羊脂白玉，遮挡我看黑板的目光。老师那么大的身，我竟然看不见一片影。两只耳朵挑衅般微张，如芭蕉扇摇曳，挡住了我人生的一切。

老师声音那么大，我同样听不见，似乎是被她的长发吸收了，只剩下一屋子的真空。

我身体里无端长出一把大剪刀，对这头美丽头发无声地"咔嚓咔嚓"。

虽然没有经历过，但我竟然想起了"剃阴阳头"这等恶行。

控制不住身体里生出的邪念，如同伏地魔的食死徒印记。对美丽的女孩明明应该爱慕的，怎么会仇恨呢？弥漫在那个时代的仇恨教育，让我对美好事物凭空地心生仇恨，似乎美好是我们人生的天然敌人。虽然深藏在身体里，仇恨的蛆虫仍然在蔓延。

我的同桌王戈是一个霸道少年。

他身强体壮，作风泼辣，在班上独霸一方，没人敢惹他。因此，我的真实身份是他的死党、跟班兼打手——通常是一旦发生小规模的厮打，我都逃得飞快。

王戈斜睨了我一眼，不知何意地哼哼两声。

那种仇恨教育，从语文课本里弥漫出来。那个时代，人们容不下美好事物。女生漂亮，就斥为臭美；女生妖媚，就骂为妖精。成年女子烫着波浪头飘洒过街，人们就想起女特务。如有头披波浪发，身着喇叭裤，招摇过市的女子，百分之百是女流氓。一看见她们，"作风败坏"这个词就从口腔里蹦出来。

没过多久，"作风败坏"分子就被"严打"了。

据说，河唇镇最时髦的一个女青年就被当作女流氓抓起来了。她天生爱美，领风气之先，最早倒卖香港衣服化妆品。一头大波浪，两腿喇叭裤，一双高跟鞋，这骇人的身影，飓风般扫过阴暗男们内心的荒滩。

她因"聚众跳舞"被判了流氓罪,游街示众,之后,不见了。

我已经想不起她的面容,只能在脑海中拼凑出河唇镇的凌乱街道,街道上,她的背影和一头波浪发魅影般扫过一个悲惨的、灰色的时空。

那个时候,有多少这样疯狂的大事小事啊。相比之下,小学生相互之间打打闹闹,初中生之间结成团伙相互攻击,高中生里出现了小黑帮拦路欺凌,都不是什么了不得的事情。

我们从来都没有想过欺凌是一个问题,更不认为这是需要重视的什么"霸凌"事件——"霸凌"这个词,也是外来词,源于英文词汇 bully,专门指中小学生在校园里行霸欺凌。在美国,这样的事件也是层出不穷的。涉及"霸凌"的书籍、电影片段简直太多了。

当时,我不仅是"霸凌"少年,还是一个超级学渣。在最低端的河唇初级中学,我就读的是最垃圾的初一(4)班。这个班级的很多学生都是因为考不上初中,走后门花高价来上学的。男生很多都是脾气暴躁、打架斗殴的"小阿飞";女生更是胆大妄为、敢想敢干、动辄拳打脚踢的"女流氓"。

我其实想做一个特立独行的人,但是看见王戈那个凶狠模样,立即就缴械投降了。

在那种无望年代,我们的命运都是注定了的。

作为"霸凌"少年,我其实也很悲惨。记忆中,那段岁月竟然留不下更多的枝叶。只记得,丽丽白瓷般的耳朵,吸走了老师上课时的所有声音;如丝般润滑的长发,遮挡了黑板上的所有上课内容和作业内容。

回忆初中生涯，我完全想不起曾经做过什么作业，上过什么课了。

我的记忆，出现了大断层。

那时，在某个特殊的时间节点，发生了一次人生核爆事件。

大概是上数学课时，我的铅笔盒悄然诡秘地被打开了，然后悄无声息地夹在丽丽的长发梢上。

课还在继续上着，我看着自己的铅笔盒，胆战心惊，仿佛目睹一枚炸弹在被引爆而无能为力。丽丽挺拔的身体、挺直的脖子纹丝不动，她的头发也安安静静。班花啊班花，她和她的碎花衬衫，在那个时刻完全静止了。整个班级，剩下的是我的心跳。我好几次试图把这枚定时炸弹拆除，但笨手笨脚的，完全缺乏章法。手一要接触到她的发梢，就如触电般一阵哆嗦。

王戈在旁跷着二郎腿，乐呵呵地冷笑。

老师突然就说："下课！"

同学们起立大声说："老师再——！"

"——见"还没有说出来，就听到一阵巨大的爆炸声响。

丽丽同学站起来时，头发带动我的铅笔盒，如美国 B-52 轰炸机投弹般，落在人烟稠密的市中心。

这次动静巨大的爆炸，在我的人生广场中心炸出了一个巨大的深坑。坑中，是一片空白，一个危险的黑洞。我的所有记忆，在这个时刻都溢出了，还有我的心脏，似乎停止了跳动。所有同学的脑袋都长了橡皮脖子般扭转过来，一双双眼睛如机关枪向我扫射——
饱含着吃瓜群众的热烈期待，似乎在说：哇，丽丽都敢动！简直是
感动全班的第一找死高手啊。

我恨不得像先烈那样，扑向铅笔盒。只要能消灭、掩盖、减轻
这次爆炸，我愿意把这个手榴弹压在身底下，甚至怀抱在胸前。

要爆炸，就让它在我身体里爆炸吧。

仿佛跟谁都有关，但就是跟丽丽同学无关。

丽丽同学也回了头，以慢动作在我记忆中呈现，似乎没有发现
一次核爆危机已经被她点燃。

她对这个事件的记忆，跟我的记忆完全不同。

她看着我，眼睛里没有梁木，也没有机关枪，甚至，似乎还对
我微微一笑。

我的心脏又恢复了跳动。

一个"霸凌"少年的无知霸气，正在充电中，各种借口各种理
由各种辩解，慢慢地从虚无中产生，从大数据中攫取，要变成血肉
身体。

铅笔盒爆炸虽然震耳欲聋，但是所有人都毫发无伤。

见没有任何进一步混乱的迹象，没有扭打，没有伤害，没有更
多热闹，吃瓜群众很无趣，纷纷向门外叽叽喳喳欢快地走去。

我也赶紧向丽丽笑，笑得像一块豆腐被摔在地上。

"不是我，是王戈干的！"我立马补充说。

转身看王戈，他很不屑地撇撇嘴，自己从座位另一头弹起来。

丽丽微笑一下，如同女王般居高临下，让我觉得凛冽内力源源不断涌来。

我决定，今后再也不胡思乱想了，今后必须改正态度，好好学习，天天向上，做个"五有"少年！

我其实身手敏捷。立即俯身搜寻四处滚开的铅笔、圆规、三角板、橡皮，装回去，赶紧收拾好铅笔盒，长出一口气，放回桌子上。

记得还有一个女孩，友好地递给我一张《三国演义》关羽卡片，那是我们男生爱玩的游戏卡。我也慌忙塞回笔盒里。

终于，一切都平静了。

丽丽突然出现在我面前，朝我小腹准确地踹了一脚。

我和我的整个世界，立即轰然坍塌。

我、书包、铅笔盒、长板凳，纷纷而倒。

还没有彻底触地的那个瞬间，我挣扎着渐断还连的目光，见丽丽转身轻盈地离开，似乎这件事情跟她一点关系都没有。然后，我才彻底倒在地上，其他东西再倒在我身上。

一桩严重的"霸凌"事件刚刚开始，就被她以更猛烈的"霸凌"事件作了结。

我从此对她产生了深度恐惧症，一看见她的长发，小腹就不由自主地发麻。

后来大家都升上了高中，又都读了文科班。

有一次在河唇中学校园里散步，远远看见她走过来，似乎两列火车就要相撞，我立即斜着窜出去，躲进了一棵巨大龙舌兰的阴影里。大有深意的月光，在这棵龙舌兰周围布置了迷魂阵，让我完整地隐藏了自己的踪迹。

这个细节，我在十几年前曾写进一个短篇小说里。

后来上了大学，我给她写过一封信，里面谈了很多心事以及其他的事情，还学着那个时候的时髦方式，精心叠成了鸽子状，装进有大学标志的信封里。

她很快给我回了一封信，叠成新月状。这个"月亮"里引用席慕蓉的一句诗，轻轻地告诉我，每个人都有自己的人生轨迹。世界上有两颗彗星划过天空，虽然能互相看见，但是距离十分遥远。

从那时开始，我就恨上了席慕蓉，和心灵鸡汤。

微信的神奇力量，让我们今年重新联系上了。

班花仍然风姿绰约，但我已人到中年了。

作为一个前"霸凌"少年，我后来幡然醒悟，没日没夜地学习，改变了自己的人生。

至今我仍然觉得很内疚，在初中年少无知时，就那样伤害了她。

说起这件事情，丽丽同学回复说：是吗？我怎么不记得了？

事情是这样结尾的，让我完全想不到。

我作了若干个开头，都没有想到这个结尾。

在我人生中有一次核爆炸，但对于丽丽同学来说，连记忆中的一丝涟漪都不是。

那次用我的铅笔盒夹丽丽头发的不是我，而是王戈。

这个疯狂的家伙，才是我人生中的巨怪。

王戈有那个时代乡村少年的邪性，也有那个时代乡村邪性少年的独有恶意，他几乎是不经意地就把我和丽丽两个无辜者都卷进一个巨大的旋涡中，而他自己若无其事地走了，离开了事件的现场。

你如果是摄影机后的摄像师，不经我的点醒，就不可能看到这个事件的真相，更不会追查到事件的真正引发者：王戈。

世
界

　　很多人说，你总是谈到春天，你总是谈到鲜花和青草。但冬天不也是这样的吗？冬天，我们可以围着火塘，听雪花飘落。而可能某一天，你看到一片融冰突然从枝头脱落，会发现可能没人注意到的小枝芽，已经鼓起了小包了。但你不会注意一个小芽的萌发，更不会看到芽苞的绽放。你已经没有这样的心情和耐性了。你不可能一整天都待着，似乎无所事事。

　　但慢慢地，融在这样自然的世界，不也是一种人生吗？

什么树是最美的

脚一触地，我就被迷住了。

朗恩博贺村在山坡上，隔着大片的麦田，一条公路隐蔽地穿越山坡通向多仁市。空气纯净，视野透明，目光无限伸展，可以看到十几公里外掩映在树林中的城市，房舍错落，隐约明媚。继续向前，是罗马时期建成的历史名城科隆。对我这外乡人，所有的道路尽头都是科隆大教堂。

小村只十几户人家，散在科隆西六十多公里外的埃菲尔自然公园旁，鲁尔河在山头另一边蜿蜒流转，清澈自在，串起一个个村庄。我将要沿着这河，一个村庄接着一个村庄地走过，在我记忆中，这是一颗颗闪烁的珍珠。村旁森林和麦田连在一起，中有小径出没。这块森林如此茂密，森林里大树如此多，鸟声似在身旁洒落。头一天下午到村里，时差还没倒，我就被这森林吸引，沿村边小道向前走。

村口左旁有一条安闲小径，通向森林幽深处。鸟声倏然响起在半空，落进耳中，如石头之于水面，阵阵涟漪让我浑身通透。

很久没有在这么安静的地方待过了。我觉得自己在这里是一块多余的石头。小径前落着红漆栏杆，一块圆牌子上漆有绿色老鹰展翅图案，这是自然保护区标志——有个巨长德文词写在牌子上。我习惯地以为这是不给我们普通闲杂人等进入，后来才明白是不给汽车驶入，而供路人、骑马者专行。再后来更熟悉了，才知道周围的山、坳、坡、河、湖，各处都有蛛网般延伸的马、人、自行车专行的小道。马道更粗放、狭窄，是长着郁葱杂草的泥路，两旁还有大小树枝缠蔓。这样的小道，几十万公里、上百万公里地蔓延在德国的森林、平原、山区上，也蔓延在欧洲其他国家的土地上。我在路上常碰上当地居民，彼此都友好地打招呼、问好。他们遛狗经过时，都极客气、小心地拉住自己的狗，并微笑。渐渐地我知道了，这是一个有很多微笑的地方。你不必很多话，你甚至不必彼此通言语，但你要有微笑。你有"哈洛"，你有"俏儿"啊——就是你好和再见的意思。

天下同理，四海一家。

我被朗恩博贺村周围的大树们迷住了。

我爱大树，尤爱攀爬大树。大树身上通常爬满了各种寄生藤，但人们并不清除这些藤蔓，任由其依附着，爬向高处、远处。

小时在雷州半岛坡脊小镇，我家有五棵番石榴树，枝叶婆娑，果香飘逸。记忆中我每天都在树上，是一个树上的猴孩。后来读卡尔维诺的《树上的男爵》，我心有戚戚焉。卡尔维诺大概也是喜欢骑在树上眺望远方的小男孩。

我曾试图在树上生活一辈子，两脚再也不落地，餐风饮露，呼啸往来。

后来长大了不得不下地——这才知道，我们的远古祖先也是为了上学，才从树上下来的。从此，我们就阔别亲爱的大树、美妙的森林和清澈的鸟声。

我上龙平小学，黄泥路中途有一座缸瓦厂，对面是养牛场，中间矗立着几棵大榕树。大榕树冠盖云集，无数大小气根自空而降，极其生动。我们这些野生猴孩常常钻到最高处，把书包和自己都倒挂在树枝上，像钟摆般摇晃。攀在大树上，脱离大地，融进天空，有一种透明的蓝铺彻大地。这种感觉，在三十年后，重新漫上心头。

穿过浓密林荫，我劈头撞上了漫山遍野的麦地。但我假装不动声色，沿着小路照直往前走，一直走到拐弯处，看不到远处的景色了才转身。其实只走了不到半个小时，并不很远，旁边的新鲜玉米秆还在生长，青翠的麦田沿着斜坡倾泻而去，接着是成片的草场，有漂亮的马在奔跑。这只是小试牛刀。后来，我越走越远，四五个小时，去到二十公里之外，完全徒步，沿着河流，穿过森林——我和突尼斯的哈苏纳大哥说好了，这是我将要写的一篇散文的主题。但回国一晃四个月过去了，我居然还没有动笔。我居然在试图忘掉这些大树，忘掉这些翻山越岭的迷人小径。

我试图忘记美好的记忆，以便冰冷坚硬地回到现实生活。

麦田在山坡上顺势蜿蜒起伏，一派无尽的绿意中，泛起了星星点点的鹅黄。我猜这可能是我记忆的渲染，那时候满眼看见的，只是铺出去的绿色，漫山遍野，随山而转，哪里来的鹅黄呢？但这些麦田并不是我们东北大平原那种一望无际，而是和平缓的山头、和山上保护良好的森林一起，自然地互有进出，彼此依存，构成巨大的或浓或淡的色块。有时候，你突然能看见一块薰衣草田、一块油菜田，或在曲折小径后，迎面而来一幢幢小楼，墙上的鲜花在燃着热情。德国人爱莳弄鲜花。他们的房子周围，他们的阳台上，他们的房间里，凡是能栽种的地方，都种上了鲜花和其他绿色植物。一个朋友的家里还种了一株藤蔓，从屋角开始，爬满了整个卧室。

德国乡村的颜色很爽朗，并不复杂，也不喧闹，但在你眼前延伸，顺着山势铺开。

不能回忆，一回忆，就有各种色块在记忆中飘动，就有森林、房舍和蓝天在内心里碰撞。这些记忆中的块状物，不能很好地协调，碰撞出清脆的声响。我很希望自己是一支乐队的指挥家，轻轻晃动指挥棒，就把小提琴、大提琴、小号、长笛等等全都指挥停当，纹丝不乱。在这一片貌似乱糟糟的景物合奏中，渐渐地明朗了，水落石出了，我终于把一开始就想说到的那棵大树说出来了。

你看记忆是多么复杂，但当时眼前的景色又是那么明朗。

我的记忆中，已经形成了一幅清晰的地图，向各个方向蔓延开去，中心是朗恩博贺村，是"伯尔小屋"。我还要说到那三棵百年樱桃树，六月份我每天都在樱桃树上。

一出村头，一棵静然挺立的百年大树就突然撞入眼帘，把你的眼帘撑满了。你不得不后退几步、十几步，才能把整棵树看清楚。那是五月底，来自圣彼得堡的作家耶利曼说，你来晚了，错过了多彩的春天。我后来补课，才知道他说的春天是在森林里如地毯般无穷无尽铺开的黄色野水仙。在埃菲尔自然公园，我看到那里的介绍重点谈到了野生的黄水仙，这些野花的热情据说可以把你融化。

但我也有自己的春天。

村头森林边缘，这棵生长在一片草地上的菩提树枝叶婆娑，开满了蓬勃的树花，大概四十多米高，让天空显得更加高远。菩提树左边是麦田，右边是森林，后面是连绵的远山。还有看不见的清澈的鸟叫声。菩提树在德国很常见，柏林的胜迹勃兰登堡门前，就是一条宽阔的菩提树下大街。但这条大街两旁都是只有碗口粗的菩提树，高矮参差，稀稀拉拉，还不能说婆娑，不能说枝冠茂密。从勃兰登堡门一直走到洪堡大学，路上都是这种小菩提树。

上一年我们来柏林时，赶上欧洲酷热，三十六七度的气温在德国极其罕见。那些可怜的小菩提树自顾尚且不暇，哪有足够的绿荫供我们蔽热呢？后来我们才得知，菩提树下大街的这一段原来属于东柏林辖区。

两德合并之后，菩提树、橡树、松树、云杉才被重新栽植。但一棵大树的长成，不仅需要空间，还需要时间。在种子的时候，谁也不知道这是大树还是灌木，但泥土适合、气候适合、时间适合，种子就长出来了。它也不需要你的额外照顾，不需要你施肥浇水，它天性是自然会长起来的。让它长多高，它就会长多高。每一颗种子的身体里都有自己的秘密力量，杂草的种子你是怎么施肥怎么呵护都不可能长成大树的。

大树是自己长起来的。

我们哪里真懂得这么多呢？我们自己还不怎么明白自己。你只要不去破坏它，不要每天去踩踏，它就长起来了。

这棵高大丰蔓的菩提树冠枝婆娑，伸展自由，形成极舒展极美丽的形状。我每次散步经过，都想给她拍照片，但每次拍完都不满意。你就是不能从这镜头中，看到真正的菩提树原貌。她必得在自然的山坡上，在那高邈的天穹下，才显出自己的原貌来。

这高大自由的菩提树，就是不愿意被你摄入一个小框框里，而失去丰沛的自由。

我有淡淡的惆怅，我知道，我不能把她搬进我的镜头里，我只能在记忆中给她一个更加宽阔的空间。但这些蓬勃的枝叶还是四面八方地填满我了。

德国媒体曾做过一个调查：什么样的树是最美的。投票的结果，是生长在田间的菩提树。这菩提树周边空间自由，可以枝蔓，可以迎风沐浴、自由生长，四周的树枝和叶子全都长得饱满、圆润、弹性十足，而轮廓，是满满的美好。

我几乎每天都经过的这棵百年菩提树，这样年轻曼妙，自在自足。看着她，我觉得很安心。

拖拉机，哦拖拉机的气味芬芳

我小时候在乡下，难得一见汽车，手扶拖拉机也看不到几辆。

若有卡车经过，尘土飞扬，简直是做梦一般神奇。

过去就过去了，带着我们难以排遣的惆怅，久久难忘。好在还有手扶拖拉机。手扶拖拉机正常时，拖拉机手手握双把，两轮锋利地切开泥路，神气活现驶过村庄，"突突突"地喷着大气，声音轰吵震天，好像什么大人物降临，睥睨天下，万事万物不在眼眶里，瞥都懒得瞥我们一下。坐在拖拉机后面的大叔大婶们也好像皇室成员似的，高傲地带着他们的鸭子、母鸡，似乎在视察自己的王国。常常在一个沟坎猛烈颠簸时，齐整地发出高声尖叫，然后，平静下来，又骂几句，哄笑几声。

拖拉机继续"突突突突"向前，黄泥路上，卷起滚滚浓烟。

但手扶拖拉机抛锚，是乡村孩子的节日。我们会突然从地底下钻出来，三五成群地围观，看拖拉机手满脸是汗，身上沾满油污，用摇把拼命地摇，可是"唝唝唝"几下，好像要发动了，就要发动了，一停手，又熄灭。

好像犯了什么错误，拖拉机被罚留堂了。现在好了，拖拉机死火，完全不吭气。拖拉机手的角色从拖拉机主人变成了拖拉机奴仆，非常狼狈。无论他怎么恳求，拖拉机都一声不吭。到了最无奈时，拖拉机手不得不放下高贵的架子，还原普通农民角色，掏出一盒烟——大前门或者丰收——磕出一支叼在嘴上，像叼了一根骨头。一阵烟弥漫他僵硬的脸，之后表情突然融化了。他必须请求我们的支援，慢慢地、慢慢地调整了心态，开始对我们微笑。但是我们保持一个安全的距离，随时准备转身就跑，谁也没有听他的。拖拉机手希望我们帮忙推一下，拖拉机在路上跑起来，就会发动的。只需推那么一小段路，一点也不长。但我们一声不吭，就像趴在路上的拖拉机。

拖拉机手简直要低三下四地求我们了。如果有大人在场，可能会找几个人帮忙推，或驱一头牛来拉。那时乡村里，人们还是比较热心，看够了热闹，对拖拉机手的狼狈状也有些于心不忍，于是开始帮忙。至于小孩子，或者搭一把手，或者前后奔跑，高声叫嚷，兴高采烈。

趴窝的手扶拖拉机，名副其实地变成了拖拉机。

拖拉机抛锚，于我们简直如同过节。

我们就爱看满脸油污的拖拉机手那副窘相，就喜欢看拖拉机手前倨后恭的变脸，感觉这不是拖拉机熄火，而是拖拉机手的重大失败。我小时候的最大梦想，就是长大后做一个手扶拖拉机手，驾驶着拖拉机从村头"轰隆隆"而来，到村后"突突突"而去。相对于我们延续了两千年的静寂农耕世界，手扶拖拉机的轰鸣是现代文明传来的鲜明鼓点之一。这鼓点敲在我脑壳上，叮咚不绝，如同成长过程中的生命脉动。

上大学离开了乡村，进入了城市，很久没有见到过手扶拖拉机了。在大城市里，落后的手扶拖拉机绝了迹。

只有离开城市去旅游，在大巴经过乡村时，才偶尔瞥见有手扶拖拉机迎面驶来。角度不同，时代差异，小时候看到的威风凛凛的手扶拖拉机手已经不复当年的威仪，甚至有点灰头土脸了。一度代表着先进生产力的手扶拖拉机，已被贴上了落后的、过时的标签，收藏在记忆的深屉里。

就在这一页标签马上就要翻过去时，在德国乡村，我看到了另一种拖拉机。不是我记忆中年代久远的手扶拖拉机，而是高头大马的方向盘拖拉机——只是一个拖拉机机头，深红色油漆亮丽，巨大轮胎气势磅礴，方向盘像石磨那么结实稳当，而不是旧式手扶拖拉机那样的自行车式的车把。

这辆方向盘拖拉机看来也很有些历史了，但设计精美，做工优良，保养很好。停在一幢乡村房子的院子里，不动声色，好像不再从事生产，而是退休享福了。靠近看，机头上赫然钉着"保时捷"的铭牌。对国人来说，保时捷可是了不起的汽车品牌，与法拉利、玛莎拉蒂、兰博基尼之类，同属汽车世界的梦幻之队。开保时捷的年轻男子会在马路上随意变道，像燕子一般自由，像猛犬一般不遵守交通规则，着实让人敬畏；要是年轻女人，则戴着墨镜，优雅地单手握着方向盘，另一只手托起手机，边慢腾腾地挪动着，边对着话筒无声地说话，让跟在后面的汽车也只能慢慢地跟着，挤成一团，无计可施。

没想到保时捷还生产拖拉机。

驾着保时捷拖拉机驶上街头，会是怎样一种令人愉快的喧嚣？

保时捷农机是农耕时代之神。我身体里涌动着泥土的血液，忍不住好奇，越靠越近地盯着看。好在德国乡村一派平和，村民们也看不出是真农民还是城里富人隐居于乡下。平时散步迎面撞上，都显得很友好，还会说"摩根"，或者"啊本踢"。前者是"早上好"，后者是"晚上好"。正规的说法，大概要加上"古特"，但一般口语，都直接说"早晨""晚上"，比汉语还简单。乡村之民，穿着与大城市没什么分别，实在分不出他们到底是农民还是市民，是白领还是老板。

这种城乡融合、阶层混淆的状况，给我造成了极大的困扰。我总是试图把人分成三六九等，自觉地处在食物链底层，小心翼翼躲避着，不被顶层凶猛的鲨鱼吞噬。但是在德国乡村，看不到唯唯诺诺的村民，人们脸上也看不到那种类乎迷惘的表情。同时，手工业者、体力劳动者也不认为自己是社会底层。他们都是劳动者，快乐的劳动者。我在德国乡村住着时，邻居施密特先生是真正的村民，他会一点英文，动手能力极强，自行车、汽车、洗衣机什么都会修。他热爱乡村，说城里实在住不惯。他那美丽的太太不会说英文，年轻时是村里的村花，高挑、友好，即便到了五十多岁，仍然很美丽。

夏天啤酒节，乡村的空地上变魔术般搭起了两幢房子，我和太太、女儿赶去参加，吃烤香肠，喝啤酒，听他们自己组织的乐队演奏，给施密特夫妇拍照。

三天后有一个游行，庆祝当地一个什么节日。

村民们全都出来了，穿着当地的绿色服装，组成队伍，在各个村落间走过。一辆汽车上，站着施密特太太，头戴花冠，身穿花色长裙，脸上的幸福笑容播撒在空气中。

后来才知道，这次游行的女神是施密特太太。

有一个长相很酷、身材很棒的德国小伙子，驾驶一辆 Smart 汽车，每隔两周来我住的地方。前两次，我们都出去旅游了，没碰见。有一次我直接碰到他，看他腰上围着一圈皮带，上面工具齐全。

他微笑，指指房屋。

他是清洁玻璃的。

德国的玻璃窗都一个样式，三向调节：可以向外推开，可以向内拉，如果要通风、防雨兼防盗，就先关上，然后调动一下把手，把窗子底部向外推开，斜着大约三十度样子。

小伙子站着边跟我说话边向内拉窗。这种设计很人性化，清理玻璃又方便又安全。他喷点清洁水，刮掉，擦干，活很简单，带着一点节奏感，甚至很干净，一点都没有灰头土脸。

他跟我聊天，说科隆大教堂高塔值得上去，大概爬半个小时，接着又谈世界各地见闻。就是这样，不知道算是乡村农民呢，还是产业工人？或者，这哥们儿干完活之后，晚上可能去酒吧演唱？身份如此地被混淆，也让我的思维出现死机的迹象。

德国乡村里，几乎见不到农民干活。

我春天来到这里，住了大半年，到秋天才离开。

只见村墅前大片麦地，从高处沿着缓坡一路延伸下去，到眼睛看不清的远处，融入了远方的小路、乡村、森林。葱绿颜色随季节慢慢变成黄色，高昂的麦秆也渐渐谦逊地低下头来。但也有不低头的，后来才知道，那是大麦。我这广东人只懂水稻，不识小麦（wheat）跟大麦（barley），这才知道，两种麦子的麦穗姿势是不一样的。大麦那么神奇，连成熟了，也挺得直直的，一点都不低下头来。

在麦地里走，会看到蝴蝶飞起，蜜蜂缭绕，还有一些不知其名的野花间杂地长在麦地里。有一种玫红色的花长得尤其精神，我颇为佩服。后来才知道，竟然是罂粟花。

麦地中间有宽窄不一的路，有些是马道。我之前在宁夏镇北堡之类旅游地见过做生意的疲马，有驯马人不断地招徕客人，却从来没有见过真正的骑马，尤其是美人骑美马。

在这里，我曾在一个山坡的草坪上，远远看见一个美女挺拔地在我面前，乘着健马由左向右"嘚嘚嘚"地过去，消失于林荫小道中。好像是一个梦，消失在阳光的泡泡里。

麦子，没人知道它们在生长。由青而黄，由浅黄而深黄，暗示着季节的轮换。

有一次，我们全家去卢森堡、比利时、荷兰逛了一圈，十几天后回来，发现麦地已经被收割了，好像根本就不存在成熟的麦子一样。裸露的褐色地面上，散落着一堆堆的麦秆，这才暴露了"作案者"的痕迹。

又过了十几天，看到一辆怪异的大肚子农机，在裸露麦田上缓慢驶过，吸进散落在地上的麦秆，到另一头，好像被撑着了一样，撑不住了，一下子吐出来一个圆滚滚的麦秸轮。我这才明白，照片上那些优雅的麦秸辘轳，是用这种机器压出来的。

接着是很短的夏天，麦田在气候的轮回中，慢慢地长出了各种杂草。

德国人对待土地的态度很自然，很缓慢，一点都不急忙翻耕。

这些杂草渐渐地越长越欢，感觉是找到了一个乐园，不赶紧长，对不起自己的草命。

七月过去，八月到了月末，秋风已经要起来了。太太和女儿因为开学，提前返回国内，我一个人在那山丘陵地里，走来走去。

有一天走过山冈，远远地看见一架庞大的机器，如同一个来自遥远星球的超级机器人，在宽阔的山腰上，不紧不慢地驶过。后面，是翻耕出来的一垄垄泥土，颜色深褐，简直不顾杂草的青翠，一下子就翻过来了。在澄澈的蓝天下，这些翻耕出来的泥垄似乎埋藏着一个庞大的秘密——不为人知的龙牙骑士，将会在谁也不注意之时，慢慢成形。然后，我就看到那位端坐在庞大机器上的骑手，向我挥挥手。

我也挥挥手。

他竟然停下来了。

机器没有了声音，我不得不用蹩脚的英文和他聊了起来。

这德国的拖拉机手深通英文，还热爱哲学。我相信，他就是传说中龙牙骑士们的播种者。我打算跟他交流一下华夏文明的自然道，但英文不济，只好微笑，谈些你从哪里来，又到哪里去之类的废话。

人生竟然如此奇妙，从乡村手扶拖拉机时代出发，我来到了一个未知新世界，播下龙牙，等待骑士们发芽开花，破土而出。

德国乡村森林骑行记

到了德国科隆远郊的朗恩博贺村，我发现郊野人行道、自行车道星罗棋布，想着要骑车去玩。我在 Google Earth 里看到埃菲尔国家森林公园山顶有湖泊，一直想去，然而太远，骑车要在丘陵地带上坡下坡的，也有点费劲。我怕体力不济，打算锻炼好再去。不然，骑车到半路，走不动，就糟了。头一个月，周边基本上行遍了，只剩下这山顶上的湖泊。

看地图，一路都是上坡。我挑了穿行在森林里的一条小路，想绕开机动车道，没想到方向反了，到了几公里外的另一个小村镇——不知道算是村还是镇，德国的乡镇不容易分辨，房子都是别墅，但每一幢都不同。乡村疏朗，宽泛，人少，商店也少。

我买了一个冰淇淋，穿过这个不知道名字的村镇，继续向山顶湖泊进发。

上坡极累，但回望山野，天高云淡，心情陡然舒畅。

路上是成片的麦田，和森林相互交错，小路在其中隐约而过。

有时，会忽然看见一棵或几棵果树，自在地长在田边。

推车上一个长长的山坡时，正饥渴劳累，忽然在半山腰看到一棵苹果树，上面挂满了果子，都还是青绿颜色。下面有一张凳子，显然是给路人歇脚的。我把自行车搁在边上，坐上去，回望山下，觉得遥遥陌陌，各种色块的麦田交互着，到看不见的深处。

我就是从那里来的。

应该说，我来的地方，在比这远处更为遥远的中国。

我带着一本《山海经》，打算到这乡村里好好读读。我觉得在这比"大荒经"所写到的地方遥远不知道多少倍的地方读一下《山海经》实在很神奇。在朗恩博贺村边森林里，我看到了很多大树上都搭有树屋，简单实用，坐在上面，听着风雨、鸟鸣、野兽窸窣而过，看着书，做作得很享受。

我慢慢推着自行车上行，正感慨，身旁德国人骑着自行车悠然而上。德国的乡野是骑自行车最适合的地方，山野乡村间车道四通八达。他们的小孩只有两三岁就开始在路上逛了。如果不是在高速机动车道，德国人开车速度都很慢，很小心，任何时候从岔路并入主道，必然停着先左右观望，确定没有来车再启动。而在村镇小路，他们开车也都很自觉。不过，他们的小孩子也很规矩，在路上不会乱跑，大多沿着人行道或兼着两用的自行车道走。很多机动车道旁边，都有专用的自行车道，骑车非常方便。

我喜欢逛德国的森林。他们在森林养护上非常尽心，各种远足道路都经过精心设计，游人可以根据自己的体力和兴趣，选择不同的道路。在每一个岔路口都会有路牌，清晰地指明前后左右的方向。如果你之前在 Google Earth 等互联网工具上做过功课，对周边村镇的名字略有些了解，一般不用担心迷路。

德国的森林已经高度人文化，他们在涵养森林上，并不是放任不管或者管理过度。人们在维护这些森林时，尽量保持兼容状态，并不特别拔除杂草野花，或者制造出一种极其严整的秩序。在大片林地里，我能看见野花自在盛开。在进入密林深处时，我也看到德国人砍伐树木，木材在路边堆得很齐整。他们似乎是经过精心挑选后，隔着一定的距离伐木的，这样，因为其他树木仍在生长，小规模的砍伐并不影响整个森林的有序成长。

在山里极深处，鸟声悠扬，而森林静谧。在晚上八点多钟进入这样的森林，我并不感到恐惧，那只是一种沉淀到了极其清澈程度的安静，起伏着清晰的鸟啭声，让你在静谧中，仍然处于森林特有的音响系统里，洗心，而悦耳。白天的森林里，金色阳光梦幻般飘下，而野花自然、美好。我骑过较小的泥石路，也骑过几米宽的柏油马路。有些平整宽阔的道路，十几公里都是自行车专行，两旁树林枝冠森然，被阳光涂上黄金的色彩。

我一直考虑去科隆买一台单反相机拍摄那样美好的景色。我的手机拍摄效果很差，不够用啊。

山上，并不是没完没了的森林，你在一阵艰苦劳累的穿行之后，会突然遭遇到大片的麦田，而耳目一新。正劳累间，你也会惊喜地发现，在边上很不起眼处，有一张自然的木椅，供你歇息。我上山，小径中的自行车融入麦田的金黄色中，仿佛也在生长。

小径夏草茂密，走来脚筋隐痛，但回望是一片无际的广阔：宁静，以致万物似皆闲散自在。旁边这张长椅知道你上坡累了，安然等候在正成熟的苹果树下。苹果树上果实欣悦，但无人摘取，我也只是坐于其下歇息，并心存感激。

在森林里穿行很久之后，回到人境中，会感到更加亲和。村舍错落，色彩宜人，而花草美好。每一座村镇里都会有一座教堂，规模并不壮大，但自然地融入村落建筑和人们的生活中。

德国人窗外这些花，在夏天真是鲜艳动人，但也并不像季羡林先生说的，专门种给别人看。他的散文把这一切都升华了，但德国人不升华，他们热爱春夏明媚的阳光，每个人也都热爱花草。德国的市场有产品丰富的园艺专门店，里面既有各种类型的花草作物种子，也有各种不同功能的小工具，还有制造精良的割草机等大型器械。所有这些，都为园艺减少劳累，增添乐趣。在周末，不出门的德国人大多在自己家里家外劳动。无论是白发老者，还是蹒跚走路的孩子，都在干自己能干的活。乡村就是小一点的城市而已，而城市就是大一点的乡村。我们在乡村里能看到野兔和刺猬，朋友在大城市科隆也能看到。但我们在森林里能看到野鹿，这比城市多了一项好处。但朋友又说，在科隆能看到很多狐狸，在公园里、在路上，到处闲逛。

鲜花也罢，乡草也罢，他们就是养着，开着，到秋天，开败，而冬藏。人世间莫不如此。

　　返回时，已经是晚上九点半，又止于山顶上这片铺开的麦田。麦穗已经染黄，在夕阳下慢慢生长。我干脆下车，慢慢推行，内心充满了甜蜜的忧伤。这时，我很希望女儿和妻子赶紧过来，一起在这里漫行，欣沐于浩大的原野。我右边是新割的牧草，草香沁润，让我这肉食者自感粗鄙。

　　在德国的乡村漫步、骑车，我发现脑子里固有的那种城乡差别的观念，完全无法评估德国的乡村。他们的生活，大概只有工种的差别，而没有我们习以为常的市民和农民的差别。很多在城市工作的中产阶级可能买了乡村的房舍，白天在城里工作，晚上回到乡村生活。我知道，有些大学教授也拥有农田，工作之余，也种地。在这里，农业补贴很高，税负极轻，耕种脱离了单纯的劳作劳累劳顿而有些劳动的愉悦。专业的农业工人，也不同于农民的概念，而是做农业工作的工人，他们驾驶着先进的农业机械，一个人就可以完成大片的割草、收麦、耕耘等种种工作。

　　而电力、自来水、上水下水、互联网络等等现代生活的必需品，在乡村和在城市一样便利，自幼养成的良好习惯、自觉的垃圾分类、先进的垃圾处理技术和有序的环境管理，使这些村野在容忍杂草野花生长的同时，而绝无瓶瓶罐罐废纸废弃食品等垃圾，在自然中，保持着单纯的洁净。

　　落叶，枯枝，老树，野花，杂草，在森林里共生。

　　这是自然的生长环境，而不是人工痕迹明显的环境。

月亮有一种撕扯

你的力量

　　太太和女儿回国前一天，八月二十七日晚上八点十五分，我们一起走路去克鲁伊曹镇购物。还是那条熟悉的步道，穿过山顶，绕过麦田，在森林边缘弯过去。

　　山顶上，大片麦子已经收割了。新翻的褐色土地，有一种肥沃的好意，麦茬中长出了一簇簇大叶片的野草。山顶上的麦田形成连绵弧面，在夕光的映照下弯向另一边，侵入山腰森林边缘，融为一体。在山顶上，远远地就可以看到文登村的教堂，也能看见镇上造纸厂高耸的烟囱。我从来没有看见烟囱顶上冒过烟，它在蓝得沉甸甸的天空下，犹如一个艺术装置。

　　从朗恩博贺村去克鲁伊曹镇，要走过博海姆村后的小山冈——六月麦子青黄，七月庄稼沉甸，八月新翻土壤深褐，九月野草长满麦田。从山冈上可以看到广阔的丘陵，麦田绵远、森林穿插、小河潜流，以至淡入杳处，若隐若无，靛蓝的天空慷慨地遍洒在这一切之上，而万物得以共在嫣然。我常常听到森林中涛声如雨，而天空沉静如凝固的冰。那种感觉真奇怪。季节就在你身边，在你脚下，在你眼中，有声有色地渐变、转化。

我们进入以前没有走过的森林。刚走到林荫下，天空就暗淡下来，仿佛是为突然而来的阵雨渲染气氛。雨滴密集地打响了枝叶，整座森林鸣响一片，乐声缤纷，和身体共鸣。森林中一片草场在雨中濛然失色，风声在林中穿梭回响。十几分钟后，雨过，云散，清新空气四溢，鸟声在隐秘处腾起。树叶浓密，遮风避雨，我们身上竟然没有被淋湿。

从林中拐向下山草道，看见大群绵羊悠闲吃草漫步。一只黑脸绵羊尾随一只白脸绵羊，亦步亦趋似乎在献殷勤。

我对女儿说，羊群中的黑羊，是不肖之子。

乔乔对黑脸绵羊大感兴趣，用相机把黑羊和白羊拍下来。

山坡草道蜿蜒而下，路面被绵羊踩踏得有些泥泞，小坑里积着雨水。路旁长满熟透的黑莓，带刺灌木枝条四处蔓生，并有野生苹果熟落在地上。拐了一个弯，我们看见有大小三只绵羊在不远处的弯道上站着。它们警惕地看着我们，见我们走近，便转身小步跑开。我们一直走，它们一直跑。到半山腰，可能已是绵羊活动范围最外缘，它们有些惊慌，挤成一团。我们也停住了脚步，靠在一旁站立，免得惊吓着这些胆小的动物。乔乔举起相机，大羊突然转身，撒开四蹄冲刺，反向奔跑，两只小羊跟着，从我们身边冲过，胜利突围了。

下到半山腰，有一条铺着柏油路面的小山路接上。依山散建着错落的农舍，样式色彩各异，都干净整齐，隐于树林中，并不招摇。这些房子的前后院，都是修剪整齐的草坪，间杂着同样严整的灌木，各色鲜花压不住地透出缤纷颜色。小路旁，下临二三十米高陡壁，鲁尔河流过一道低浅水坝，雨后水声鼎沸，透过浓密枝叶传进耳朵里，感觉真是玲珑剔透。

我一直喜欢走不同的路，在不同的森林田野中穿行。同样去克鲁伊曹镇，我就发现了四五种不同的走法，但最终都汇集在小镇的两头。

我们这次远征，又是一种新的走法。去超市购买日用品，塞满了背囊，回来时已是晚上十点。

八月底的德国乡村，已经笼罩在轻淡的夜之纱帐下。

我们走另一条常走的步道，更短，更平坦，铺有柏油，也有青草在路中生长。乔乔走在最前面，兴奋地打着手电筒晃动，以为这是真正的夜晚探险。但在这样的村岗，我们心情很平静，并不觉得有什么不安。太太对她说，夜晚星光很亮，不打手电看得更清楚。

乔乔熄灭手电，我们三个人立即消融在夜里，在星光下显出模糊的轮廓。原先隐没的山头也渐渐澄现，在夜空中显出美妙的弧度。山头边缘的森林黑黝黝的，一片迤逦，候在路边。先前穿入森林的小道路口，已经在夜色和树枝的伪装下，变成一个黑暗的隧道了。看不到头，也听不到头。我知道这些小路的方向，知道每一个分叉，知道旁边的什么所在搭有小木屋，知道哪里躺着巨大的树干。这片森林另一头建了一个赛马场，有各种障碍设施，各种沙坑。蜿蜒小路上，偶尔会碰到一位美女骑着骏马，施然而过，如同切过梦中的水流。

我们没有抄近道直接横过麦田，乔乔也不愿意冒踩到马粪的险。

我们安静地走在夜晚的德国乡村丘陵小路上。

偶有汽车在山下路上飞驰，轰隆声在身体里形成共鸣，过后就完全沉寂下来。只有我们低声的交谈，传到夜的深处。

乔乔小心地避开深色的路面，那些所在不一定有马粪，但她是个天生小心的女孩。白天看得清晰的麦田在我们旁边绕转，平静得让人感动。这时见不到路人，只有我们在匀速走动。平时在这些小道上漫步，碰见的村人都友好地点头，微笑，互致问候。我们知道，即便夜色中彼此看不清楚，那问候仍然是友好的，让你感到安心和温暖。

到山顶，浑圆的天空在满目地闪烁，镶嵌在天穹上的这些钻石，为我们洒下迷蒙的辉光，让身边的一切都显得那么静好。

在这个晚上，乔乔第一次看到了北斗星。

星光下，近旁的乡村院落、玉米田地宛然错落，远山一带森林影影绰绰，呈现出柔美的轮廓。

突然看见一抹斜月，在天边露出了一弯淡淡的透明，那么淡，那么微弱，似乎不愿破坏星光的辉洒。

那时我突然想到，中秋节正在来临，而她们第二天就回国了。

那个晚上，我们穿越了夜色，穿越了乡村小路，穿越了从来没有想到过的梦境。梦境中有星光闪烁，有淡月衬托，还有我们的脚步声起伏。

那么安心的夜行，那么平静，不似在告别，而像是重逢。

一晃两星期过去了，乔乔已在新学校初中预备班上了一星期的课了。

我仍住在德国乡村，仍然每天走过这些田野、森林，仍然在星辉下漫步，仍然在平静，或者假装平静。她们先回国了，我们不能在一起看月亮一天天圆润。

前晚，我独自在院子里坐着，端着一杯葡萄酒，仰望天空，见月亮正逐渐圆满，被遮掩在淡淡的云彩后面。并不是我想象和期待的那种流霜如练，也不是那种空明无限。就是这么淡淡的，在院落上空，在村后的森林上，恰到好处的光和影。

而不久之前，我和妻子、女儿还在同一个地方，久久地看着天上明亮的北斗七星。

世界那么大，我要去爬一爬

在广东惠州博罗杨侨镇，有一个巨大的"龟神宫"。

"龟神宫"的宫主李艺先生花了好几年时间，耗费了几亿资金，在一个占地近四百亩的园地里，建造了一座高达五十多米的九层高城堡，建筑面积达到两万多平方米。

人在城堡中心，感到很高大，很渺小，各种情感复杂。一想到这个占据了三十多亩的庞大建筑矗立在罗浮山下某个平原中心，神宫顶层可以远眺云雾缭绕的罗浮山，我就觉得非常震惊——这是建造来给金钱龟居住的！

李艺先生三十年前从市场上购买了八只金钱龟，经过多年精心饲养，反复摸索，成功地孵化出金钱龟，据说首开了人工饲养金钱龟的世界纪录。

我第一次见到的李艺先生，样貌平实普通，但这种平和中隐约有一种凌厉，蕴含着神龟的秘密气质。

他的表情很像"乌龟大师"，他的眼睛很像"乌龟大师"，他的眉毛也像"乌龟大师"。

他那带浓重广东口音的普通话，配《功夫熊猫》里的"乌龟大师"，大概是最好的腔调。

这个九层高宫，将会有上万只金钱龟生活在其中。

它们无忧无虑，不愁吃喝，饱足之后眺望一下罗浮山，吐纳自然真气，两亿年来潜藏在基因深处的大智慧，让它们自在地生活在万古劫灰的缝隙间。

在这幢巍峨宫殿的顶层，居住着最早的八只大金钱龟。

这八只金钱龟只有几十岁，还处在青春期，生育能力旺盛，每年可产一百多枚蛋。金钱龟寿命极长，人类衰老、死去，它们还活着。

一百年太久，对于人类来说，已经是翻天覆地，改朝换代了。

一百年之后，"龟神宫"还在，到时候繁衍出来的十几万或几十万只金钱龟还在，顶层的八只老龟还在。两百年时间，它们能修炼成人形吗？

在袁枚的《子不语》里，有一篇《狐生员劝人修仙》，说异类修仙，要五百年先修得人形，然后继续修行，大体修仙成功在一千年左右。这里的神龟，也要五百年才能修成人形吗？

想望将来，不禁悠然。

龟，在中国古代一直受到尊重和膜拜，与龙、凤、麒麟同为四大祥瑞之一。但只有乌龟才是现实中存在的动物，其他祥瑞都是华夏先民想象创造出来的。

中国人崇拜乌龟，原因之一是乌龟长寿。曹孟德诗云："神龟虽寿，犹有竟时……老骥伏枥，志在千里。"从寿命写到志气，比兴咏叹中有一种力竭之气。之二，是乌龟从浩瀚远古中穿越而来，穿透了无数次"劫灰"，各种翻天覆地的大灾难都无法阻挡它们的生生不息，其具有无比绵长的生命力和智慧。因此，乌龟是长寿的象征，也是智慧的象征。

据说，中国文明的起源《河图洛书》，是从黄河浮起的神龟背上被看到的。

有学者认为，神龟背上刻的《河图洛书》可能是上一纪灭绝文明留下来的智慧残片。神龟可能是为了传授智人上古先祖以智慧，特意浮出水面，指点迷津。

人类每次遇到重大灾难，在重大转折时刻，都是神龟在暗暗地帮助点醒。远古时期天塌下来，女娲娘娘抟土炼石补天，最后以万年神龟的四足来支撑天穹。以现代天文学的观念来分析上古神话，天塌下来的传说，可能是小行星撞击地球导致了"天翻地覆"。那种可怕的天灾，导致了横行地球大陆两亿年的恐龙们在六千万年前的白垩纪灭绝了。而与恐龙同时代的乌龟却渡过了无数次"劫"，顽强地生存下来了。它们貌似迟钝的表情，可能是智慧的沉静，它们的强大甲壳，保护了柔嫩的身体。长达两亿年的生存时间，比不足两百万年的人类历史长了百倍，神龟为人类带来穿透了亿万年的超级生命的深邃记忆。那样的记忆转化为人类深度依赖的能量块，须臾不能摆脱。就算是一粒沙子，在这强大的时间熔炉里，也变成钻石了——如同亿万年的生物转为石油和煤炭，这些正是古人所说的"劫灰"。

华夏上古先祖学会了以龟甲占卜，各种早期符号文字都刻在龟甲上，是为"甲文"，与刻在牛骨头上的"骨文"并称"甲骨文"。"甲文"实际是占了绝大多数的。

上古先祖以龟甲来镌刻字符，是对神龟的一种虔诚膜拜吗？

华夏文明对神龟的崇拜还体现在，有些人就以"龟"为名，如唐代学者陆龟蒙、宫廷音乐家李龟年。儒家庙堂正门，两只巨龟驮着巨碑。孔庙前两只神龟，脑袋都被信徒摸得光滑了。

我对中国传统文化中的神龟形象一直很着迷。

《西游记》里把东海龙宫的乌龟丞相塑造得有些笨拙，那是不懂海洋生态的作者被神龟的迟钝外表蒙蔽了，神龟事实上具有高深莫测的智慧。如《老子》言："众人熙熙，我独闷闷。"神龟很懂得，热闹之所，有可能蕴藏着危险。你们看神龟的样貌，一定不是爱围观凑热闹的。

几年前在广东中山纪念公园，我看到了一只巨龟，孙逸仙先生时就在那里了，少说也一个半世纪高寿。它眼里看到百年来中国的风云变幻，人事动荡，可谓知人识世，阅尽沧桑。人呢？大江东去，浪淘尽，千古风流人物，而今安在哉！

而神龟仍在。

它在院子里，几乎静止，默然不动。

对于乌龟的长寿与智慧，美国梦工厂动画大片《功夫熊猫》演绎得最为精到。

"乌龟大师"在桃花飘逝时，恰到好处、恰如其分地轻轻指头一点，就把打遍天下无敌手、凶猛无比的豹子"太郎"，正正好好地给点着命脉了。他的智慧，如天地一般漫无边际，绵长无涯。而恰恰以这种智慧，他激活了新一代的神龙大侠"功夫熊猫"，保护了山村世界。

现代和后现代文化，对乌龟形象可能需要进一步发展，例如，《忍者神龟》就是一种创造。冠以"忍者"意象，略微不美，为何不能是华夏文明的"智仁勇"呢？我觉得，《功夫熊猫》里的"乌龟大师"当得上"智仁勇"这个称号。

在"龟神宫"里，看着表情和善、目露精光的李艺先生，我想象了一下电影场景：那几位少年"忍者神龟"如果听到在遥远东方的罗浮山下，有一个伟大而神秘的"龟神宫"，会不会兴高采烈地前来踢馆呢？如果踢馆，会是什么情形？他们从一楼打到八楼，都没有任何人任何龟阻拦，然后，在最高层，他们遇到了真正的"乌龟大师"。

"乌龟大师"头也不回，只是看着遥远的罗浮山，那里云雾吞吐，天朗气清。

"忍者神龟"说："你们就是传说中的'乌龟大师'吗？"

"乌龟大师"头也不回："不是。"

"忍者神龟"一阵迷惑："你们中谁是'乌龟大师'？"

"乌龟大师"说："谁也不是。"

"忍者神龟"跃跃欲试，打算露一手绝活。

"乌龟大师"没有再说话，只是远眺罗浮山。

我有一种奇怪感觉，李艺是金钱龟大师转世，来到这个末法时代，在不为人知的地方，激活差点灭绝的金钱龟。

金钱龟是罗浮山特有的生物，蕴蓄着这座缥缈仙山的各种气息，金钱龟在这里绵延不绝。

在巍峨的"龟神宫"，我总有爬一爬的冲动。

据说流行一种养生新功法，人们光脚趴在地上爬，爬来爬去，不断坚持这样，复归于上古神龟的生命智慧，成为一种爬行动物，超越直立行走。

直立行走的智慧生命只有不到两百万年历史，跟拥有一百个两百万年智慧的乌龟相比，实在是太短了。

都认为与乌龟同时代的恐龙灭绝了，但有科学家认为，它们并没有灭绝，而是转化了，如飞龙转化成鸟类，爬行龙变成了蜥蜴和蛇，继续隐蔽地生存着。

至于乌龟，进化出了近乎完美的身体，不怕山洪、地震、暴风雨、山体坍塌等各种自然灾害，顽强地渡过各种大小劫难。

从两亿年前到现在，地球上有三个以上的物种大灭绝时代，而乌龟存焉。

布依少女的世外桃源

飞机起落架轻触在机场的跑道上，一次神奇之旅结束了。

这时，我有一种空洞的感觉：似乎我的肉身回到了上海，灵魂却遗落在了遥远的布依古村。

布依族少女美丽的面孔宛如湿漉漉的花瓣，在我的脑海里不断显现，交杂在霓虹与路灯之中，如梦如幻。这让我产生了一种虚假的感觉，仿佛这趟旅行，只是一场奇怪的梦幻。

对于旅行来说，每一次结束都意味着新的开始。但我跟大多数旅行者不同，我不是一个探险者，而是一个思考者。对自己到过的地方，我总是恋恋不舍，想更加深入地去了解它，体验它，与它融为一体。虽然这是一种不切实际的梦想，但我在反复回味中，感觉如同再次进入那个梦境。

我喜欢去那种游人罕至、真山真水的地方。山不必有仙，水不需龙灵。

　　这次去贵州黔西南州贞丰布依族自治县，从贵阳龙洞堡机场经过黄果树瀑布，一直向西，是一条水泥路，但高速公路还没有通车。一直向前，穿越千沟万壑、奇山异水的万峰林，会进入云南地界，不断向上，云贵高原如同一个斜坡，海拔逐渐升高。

　　在如诗如画的三岔河湖区荡舟一整天，呼吸这里高氧比的新鲜空气，排空自己，看四岸湖岛因秋至日渐变红的枫叶，细抚安静得仿佛在小憩的湖水。在清澈见底的湖水中央，散落着参差的原始雕岩。随着小舟的滑近，有鹭鸟成双飞起，轻翔在碧空中，倒影在湖面上。像我这样在城市生活中各种感觉变得迟缓的游人，此时产生了武陵樵夫误进桃花源的错觉。

　　错觉是一件美好的事情。

　　两千年前，庄子早上做梦，梦见自己变成了蝴蝶，这个故事千百年来被反复提起："庄生晓梦迷蝴蝶，望帝春心托杜鹃。"

　　混淆了现实和梦幻的感受，是令人迷醉的。陶渊明笔下的武陵人，在"两岸桃花夹去津"的迷幻中看到了桃花源，也可以说是一种错觉。这种错觉中，我产生了四体通泰、身轻如燕的幻想，似乎再过一段时间，就可以凌波微步，缓缓行走在水面上了。这种时候，你会恍然大悟，古代修道者，为什么都喜欢隐居在山林中。

　　我是凡夫俗子，乱食人间烟火，并不是真要逃离城市，只不过要这种错觉来麻醉自己。经过大自然的充分涤荡后，才有勇气继续在城市里，与混浊之神和疲倦之神作战。

　　在云贵高原海拔一千米的地方，在浓氧环绕处缓释自己、洗过了一次空气浴之后，就着西霞昏黄，让游船停靠在一片未经修饰的草滩边，跳下来，沿着收割过的田埂，在草边穿行，朝炊烟升起处走去。这时回望清雾缭绕的湖泊，有一种彻底洗净了心尘的感觉。

三岔湖坐落在海拔一千多米的高原上，全年气温十六七度，冬暖夏凉，既非青藏高原大湖那般冷冽，又比沿海平原旁的巨泊清凉。如果说纳木错是一座需要敬畏的神湖，那么三岔湖则如邻家女孩般可人。

上岸向湖边布依古寨纳孔村方向走时，这种感觉越来越明显了。

人人都知道云南丽江纳西古乐，但知道布依族布依八音的人不多。我也是第一次听到这种质朴、不经修饰的音乐。在纳孔村村头一片打谷场上，坐着小方凳，品着米酒，听布依八音。四位身姿曼妙、面孔姣好的布依少女背着四把月琴，在一个老者指挥下，站在一队乐手前面拨动琴弦，唱着布依民歌。

她们的歌声也是未经雕饰的，自然、亲近，像是专门唱给你听的。这种错觉，不同一般地美好。一对旅游的情侣，情不自禁拉起了手。当夜晚的篝火升起时，他们首先冲到了场中央。布依族这种群众性舞蹈类似傣族舞蹈，手拉手，节奏简单，围着篝火转。指挥者一声令下，众人冲向中间的竹管大罐，抢喝里面的甜糯米酒。

作为一个旅行者，你不是局外观光，而是参与其中。玩到尽兴了，回到三岔湖宾馆休息，睡一个长懒觉，第二天去看贞丰神奇景点双乳峰。

喀斯特岩溶地貌在云贵高原各地有很多，溶洞、钟乳石都美轮美奂，桂林山水甲天下，也是喀斯特岩溶地貌。但像贞丰这两座惟妙惟肖的乳峰，却只能说是天下仅有的奇观。非亲眼所见，你一定无法想象它的肖似。在见到双乳峰前，我对它的最大想象，是两座相邻的馒头山包。单个存在、比较逼真的乳峰，在其他地方或许能找到，像贞丰双乳峰这样令人惊叹地神似者，就是独一无二了。

这个时候，我感到了词语的匮乏。"鬼斧神工"这个词，不能形容它的万一。没有图片帮忙，说什么，也不能让人相信我曾经目睹过这奇迹了。布依导游骄傲地说，很多来自海外的游客见到这个奇观，不由自主地就跪拜了。

我虽然没有跪拜的冲动，但口讷讷不能言语。毫无疑问，这是布依族的神山，它象征着人生最为美好的阶段，他们从来不避讳对此的欣赏。只有我这样未经彻底洗净的俗人，才在目睹这种奇迹的同时，涌起些许的羞愧感。

从贵阳到昆明的公路边，黔西南跟桂北接壤的这片布依族世代生息的土地上，奇迹令人目不暇接。昆明有石林，这里有竹林堡石林，且野趣丛生，天工浑然，没有多少游人踏上过这片土地。当地政府也没有来得及修筑完整的游人小径，大部分山地都被当地村民开垦成了农田。春天，油菜花灿烂照天，不过，去时季节不对，我只在照片里看到。秋天，这里有些许枯黄，异样沉静，一种与世无争的感受悄然涌现。

然而，旅游毕竟是旅游。当我要离开这里时，我发现对它的了解反而越来越少了。那些亲身体会过的世界渐渐消失，如退潮一般。

贞丰北部长达九十多公里的北盘江大峡谷，是壮美高峻的神奇世界。

北盘江和南盘江是珠江的两条源流。

北盘江源头就在黔西南州。这个大峡谷，比三峡要雄伟得多。

北盘江大桥连接黔西南州和省府贵阳，桥高四百零五米，为亚洲第一高桥。我站在桥面上，发现这座峭拔如上海金茂大厦的大桥，比起北盘江两旁壁立的高崖来还是要低矮得多。

后来我们继续向下，回望来处，高桥耸然如云，俨然在更高处。

贞丰是一片不为人知的胜地。在走进这里之前，我对它并没有太大的期望，然而，相处几天后，竟然产生了一种恋恋不舍的感觉。

这种感觉，久违了。

带着晴天去洛带

二〇一〇年秋第一次来洛带，就有一种亲近感，那时不知是什么原因。

在古街上走，看人看风景，吃一碗"伤心米粉"，是美好的记忆。"伤心粉"让我额头冒汗，貌似伤心，实际幸福。看天很蓝，看风很软，看女子很美。洛带女子温和，热情，不翻白眼，不扭捏，自然大方。这种分寸感，只有本乡悠久传统才能孕养。她们是洛带长出来的，如那满山桃花，和山间流水，不是很特意，但令人温暖。

朋友们都说，成都很少能见到晴天。可是我两次来，天空都很干净，能看出去很远。第一次浅尝辄止，亦非不好；第二次深入了解，更增添几分好意。我跟朋友说，我到哪里都带着晴天，这是天气的好意，但也跟心情有关。洛带，适合开开心心、慢慢悠悠地闲逛。不要思虑太多，也不要太出世。在洛带，要随意，要平和。人世间的温暖，并不需要做出一副猛烈的态度。

为此，我写了一首诗《带着晴天去洛带》：

> 来洛带一定要带着晴天
>
> 带着一个人的夜晚
>
> 在驿路途中邂逅
>
> 十五年前的少年
>
> 来洛带一定要有好心情
>
> 在江西会馆喝茶
>
> 去龙泉山看看桃花
>
> 一遍遍开过了
>
> 又一层层地落下
>
> 来洛带一定要成为诗人
>
> 吃一碗伤心米粉
>
> 凉拌千年岁月的火辣辣爱情
>
> 唐朝少女成长在山旁水边
>
> 客家兄弟儿女忽然成行

后来我明白为何有如此特殊感受了，原来洛带是客家人聚居区。

我也是客家人。

客家人与客家人天然相亲，千百年漫长迁徙历史，已进入我们的血液，成为我们的基因。我们还有共同的语言做纽带。在英文中，客家人、客家话叫作 Hakka。客家人走到哪里都是客，都是客家人。

客家人在自己的故乡流浪。

这种迁徙，一方面是为了躲避战乱，另一方面也是主动的寻找。客家人主动寻找更安定、更美好的生活，内心有一种热望在驱动我们向前行。在一百年前，甚至更早，客家人就漂洋过海，到了世界各个角落。客家人随身带着故乡，在哪里都能落地生根，在哪里都是原乡人，又都是客家人。

客家文化是洛带的秘密之一，这种特殊的文化，让洛带具有特殊气质。我也因此知道洛带女子大气的原因了。客家女子不是密守闺阁的千金，她们是行走在土地上的精灵。

洛带古镇有一座广东会馆，是来自广东的客家人建造的。要从一条中等宽度的巷子走进去，在古色苍苍的墙头上可以看到洛带的天空。广东会馆保存完整，有宏大而沉静的风格，比一般的建筑也更疏朗，更大气。

不远处的江西会馆又是另一种风格：砖瓦缤密、回廊安静。

洛带古镇的客家博物馆是一座福建土楼式建筑，里面收藏了很多珍贵的资料。近现代很多改变历史走向的人物都是客家人。在近现代几乎每一个关键的时刻，都有一个客家人出现，力挽狂澜。

客家人不仅有闯荡世界的勇气，有宽阔的视野，还有包容的心胸。

这是行走在中国大地的一个奇特族群。他们的故土不断搬迁，他们的文化一直蔓延。欧洲也有一个迁徙的民族，犹太人。

犹太人就是欧洲的客家人。

客家人没有自己的文化经典，不像犹太人能将民族文化集中地体现在自己的经典里，但客家人有对文化的特殊敬重。在洛带古镇的中枢，可以看到重新修复的砖塔。不明白的人会以为是小型浮屠，请教当地人，才知道是客家人特有的一座"字库塔"。

洛带朋友介绍说，客家人敬重文化，尊重文字。过去，人们会把所有写着文字的纸张都搜集起来，投于字库塔里焚烧。

这种态度，让客家人心目中的文化，成了一种类乎宗教的情感。

穴居时代的物质

文明遗产

人类先祖曾有过一个穴居时代。

小规模的部落家庭，长幼混杂，群居在天然洞穴里，用石头、木柴挡住洞口，并有轮值人员看守警戒。学会保存火后，需要有人看护，免得火灭了，或者火烟太浓。

安全、保暖、防暑，穴居生活真是各种好。

后来，先祖们学会了挖掘土窑，开始了人工洞穴生活。

《老子》说："凿户牖以为室，当其无，有室之用。"

这证明古人很久之前，就学会了挖窑洞居住。

在人类学会建筑楼房之前，穴居生活非常普遍，从东方到西方，上古到现在，都一直存在着，并留下了洞窟石壁上的珍贵岩画。岩画内容大多数是星辰太阳以及森林动物，并由此抽象出一些后来仍然能辨识的符号。

中国文字是象形系统，象形文字至今仍是最核心的汉字——这些象形文字，最早可以追溯到穴居时代。最初人类住在洞穴里，享受了各种便利，并留下了文明的最早印记。这种穴居生活与穴居动物的类似，只是人类洞穴更加宽敞高大。

冬暖夏凉的延安窑洞，现在据说已极其抢手了。

近百年来，摩天大楼已成为城市核心的标记，但新锐建筑师却在考虑重返穴居时代。从一味地向上，到开始思考向下，这是进步呢，还是退步？

科幻作家刘慈欣的《三体》第二部里，写到人类为了避免三体文明的袭击，渐渐地开始居住在地下各大城市。地下城市是向下发展的文明系统，各种生活设施与地上城市相似。本来，穴居生活会催生穴居生态，长此以往，人们会进化出不同于地上的地下文明形态。但电力的使用抹平了地上与地下的差异。地面上有太阳照耀，地下有人造太阳照耀。但是氧气呢？通风呢？各种问题都需要以现代科技的角度和现代科技的方式来全面考虑，并有效解决。地下城市毕竟不是万年前的洞穴，山洞里可能只有十几个部落族人，但地下城市会有几十万、几百万居民。

规模不同，思考的广度与深度也不同。

向上建高楼，是当代城市文明的典型标志之一。

从美国到中国到中东各国，各大城市高楼林立，个个都想夺得全球第一。但第一永远在后头：上海中心六百多米，刚刚夺魁没多久，八百多米的迪拜哈利法塔就夺走了第一名。据说，三千米的摩天大楼早已经设计完毕，而六千米（也就是六公里）高、高入云霄的超级摩天大楼，在技术上也完全可以实现了。这是美国纽约某设计师事务所的设计模型图，在网上可以找到。现代材料科学飞速发展，建筑科学持续进步，建造六千米高摩天大厦并不是难事——只要有人提供足够的资金。

当占地几平方公里、面积几百万平方米的超级建筑综合体建成后，其空间可以居住几十万人乃至上百万人，光是上百台电梯、各种楼层的供水供电、提供食物及运送垃圾等的运输系统，每天就都需要一个庞大系统有序地运行。设计师们已经系统地考虑到了各种可能的系统问题和突发问题，会采用组团结构，以若干建筑组合，拱卫成一个最大、最高的建筑——既是单独建筑，又有积木般的建筑结构。这样，一旦起火或遭到袭击，可以分隔开，分别救护救治，从而避免全面的灾难。金字塔式组合结构，目前看来仍然是最完美的结构。

科幻小说大师阿瑟·克拉克写过一部《天堂的喷泉》。小说里写未来时代，人类在上万公里的太空建成天空之城。地面与天空通过纳米缆索引导的高速电梯进行交通，人们便利地来往于天上和地面。

日本动漫大师宫崎骏的名作《天空之城》，可以看作是这个科幻小说的动漫版本吗？还是结合了韦恩·琼斯《空中城堡》的综合想象？

《天空之城》是魔幻想象，从天上飞过的那座看不见的城市，以悬浮石头构成。

总往天上去，也不是唯一的办法。建得太高，有可能被神力摧毁。古人就有建立超高建筑的野心。从印度到中国，佛塔都是高大的建筑。而古巴比伦人民更是野心勃勃，居然试图建立直通天堂的巴别塔！这么多凡人要都移民到天堂去，岂不是泛滥成灾？于是，神变乱人们的语言，让他们互相无法沟通，彼此不能理解，巴别塔就荒废了。但建造巴别塔的雄心，一直存在人们心中。

但是别忘了，人类自古以来都是穴居的，跟土拨鼠、兔子、鼹鼠等一样。人与它们唯一不同、并渐渐更为不同的地方，是人类学会了用火。火，是人类文明的核心驱动力。有了火，人类就可以吃熟食了，就可以让那些难以下咽的食物变得美味可口，更容易咀嚼，更容易消化。我猜正是更容易咀嚼，让人类终于腾出了嘴巴，把更多能量引到大脑上，可以更加频繁地进行思考活动，并因此诞生了超越其他动物的人类文明。

一只动物，每天从早到晚一刻不停地找吃的。找到吃的，又一刻不停地吃下去。吃下去之后，又一刻不停地消化。

停不下来地吃吃喝喝，哪里有空思考？

一个吃货，是不会真正思考问题的。

我的家乡雷州半岛有一种神奇的动物穿山甲，是超级挖洞高手。它们长相奇特，浑身披甲，双爪锐利，挖掘能力超强，传说一会儿工夫，就能从山这一边挖到山那一边。我老家土质为松软的黄土，利于挖掘，穿山甲们因此过上了快乐的生活。

但穿山甲们到底吃什么呢？我一直不得其解。

传说，穿山甲吃蜜蜂和其他小飞虫。

穿山甲吃飞虫的方式很奇特。它们趴在草丛中，张开身上所有的鳞片，身体分泌出一种香气来吸引小虫子，然后一动不动，好像冬眠了一样。好奇的小蜜蜂、小苍蝇都来吃甜食啊，为致命的香气吸引而嗡嗡缭绕啊。这时，穿山甲身上的鳞片会瞬间合上，夹死小飞虫。那致命的装甲，不是为了防卫敌人的攻击，而是用来觅食。

这脑洞真大！吓得我的瓜子都掉了。

可怕的地动山摇、山崩地裂，小虫子丧失了生命。

穿山甲张开鳞片，抖落小虫，慢慢享受。

后来查了资料才知道，传说不靠谱。原来穿山甲主要吃白蚁，一顿能吃五百克白蚁。

吃法确实是张开鳞片，诱使白蚁上身，然后夹起鳞片，跃入水中，把白蚁淹死，最后慢慢享用。

在森林里，如果没有穿山甲，很多林木都会遭到白蚁的侵害。

穿山甲与犰狳长得很像。

犰狳生长在中美洲、南美洲，与生活在亚洲南部、非洲南部的穿山甲不同。但这两种鳞甲类动物，饮食习惯倒是很相似，都是吃白蚁。

上帝创造了白蚁，同时又创造了穿山甲和犰狳。

小时候，父亲对我们说："穿山甲犀利啊！它们一钻进土里就不见了，像炮弹一样，直接从山包对面射出去！"

这就是魔幻小说了，但我们都爱听。

有了贪婪的人类吃货，各种动物无论天赋多么高妙，都会被我们抓住，烹而食之。

穿山甲于是成了濒危动物。

我小时候也特别爱挖洞。

然而南方家乡多雨，土质松软，不适合深挖洞穴。

这与干旱黄土高原不同。

人类适应性强，不同气候、不同环境，无论寒冷还是酷热，都能生存。这也是优于大多数其他生物的能力。

奥地利小说大师卡夫卡有一个短篇小说《地洞》，写一只没有名字的动物，每天忙着打理自己的洞穴，担忧着可能从任何方向闯入的食肉者，而无暇顾及任何其他事情。

这只动物胆怯、谨慎、敏感，被自己的胡思乱想包围，用各种根本没有什么用处的方式来编织一层层保护层来保护自己。它的敏感既保护它，又在摧毁它。

这很像卑微的小民，不关心政治，不关心社会，只关心自己的洞穴。

小民微不足道，只能挖洞，只能把头埋起来。能躲进洞里，或许还安全一点。随便伸出头去凑热闹，不被匆忙而过的脚步踩死，就会被震耳欲聋的吵闹声烦死。

现代社会的楼房，是另外一种洞穴。

我们迷恋洞穴，因为洞穴能够让我们感到安全。

好好地维护自己的洞穴，好好地生活，不给街坊邻居添麻烦，不给其他人添麻烦，这就是优质小民。

如果生活在一个乱世，在一个缺乏规则的丛林社会，窑洞与地洞也并不绝对安全。

人类挖地道、住窑洞，难道不是为了安全与舒适吗？

寻找中国原乡美学

著名艺术家苏笑柏老师毕业于德国杜塞尔多夫国立艺术学院，后来在德国很多地方呆过。

四年前一次吃饭，苏笑柏老师看着我，非常惊讶。

在闲聊中，我说起某次与太太、女儿在克鲁伊曹镇等巴士，去山顶上一个小镇——尼德根。

苏笑柏老师惊讶地说，在中国，我第一次听到有人说起尼德根！

即使在德国，也没有多少人知道尼德根。

苏笑柏老师从杜塞尔多夫国立艺术学院毕业之后，去过很多地方，也曾经很寂寞。他的大儿子苏百溪在尼德根修道院学校上学，后来去了美国，是一个机电方面的天才，很早就获得了机电工程方面的博士学位，但他不知怎么的在NASA机构工作两年就厌倦了，要用中文写作。他在哈佛大学读了一个作家班，在波士顿租了一套房子，准备像美籍华人作家哈金一样写作。

他英文非常好，据说几乎跟母语差不多，却不像哈金那样用英文写作，反而憋足劲要用中文，这很令人不解。因为小学就离开了中国，他的中文反而成了用起来很别扭的第二语言。

有人介绍我认识苏百溪，我进而认识了他的父亲苏笑柏。

尼德根成了让我们突然感到很亲切、很亲近的一个特殊地标。

尼德根是一座森林、田园中的小镇，像大多数德国小镇一样，有水环绕，有森林生长，有麦田色泽金黄，自然而然，一点都不突兀。小镇别墅建筑一般都是两层，小镇公寓一般是三层，很少有摩天大楼，而保持了对自然的亲近和自在感。

这种感觉，我在属古徽州的宏村等地，同样能感受到。

我们中国以徽派为杰出代表的传统建筑大多呼应山水自然，与园林水木亲近，而不是隔离。我们传统文化是自然派文化，人们的建筑大多采用土木结构，而从自然中获取元素的神秘力量。这种从自然中学习、敬畏自然、亲近自然、顺应自然的态度，成为中国各不同宗教文化派别历代传承的核心知识。传统建筑砖墙坡瓦，自然而然，为雨为云，为风为水，一切都是好的。

这种自然态度、这种顺应自然的传统建筑，以及各种雅致的水岸花草，体现出了传统文化中的浓重乡情。我们说到家，就是瓦顶，砖墙，鸡鸭悠闲，猪狗自在，在院子里，有几棵果树，有篱笆和爬藤，还有一条小河或者小溪潺潺，早晨鸟鸣，夜晚虫噪。

我们说到的自然不是什么遥远的事物，而是身边的细细脉动。

当很多人扑向钢筋水泥大厦，钻进灯红酒绿与喧嚣时，我们可以稍微转身，向山坡走去，那里有小草青绿，有鲜花五彩，有风吹过，有蝴蝶飞起。有时，也不是这样，甚至只是坐在山坡泥地上，眺望远山流云，等待泥土深处的萌芽破土而出。

你可以看到鸟儿站在树梢上，四处张望。风吹来春天的气息，唤醒了土坡、草原，花草就这样苏醒了，虫子悄悄地爬行。

自然四季轮替，如同我们生命的更换，如果你懂得自然和生命的秘密，那么你会感受到，每一个阶段都是松弛而愉悦的。

我少年时在乡村放牛，悠闲地躺在山坡上，嘴巴里嚼着野果，嘴角流出甜丝丝的汁液，看天空云走，听鸟叫虫鸣。

很多人说，你总是谈到春天，你总是谈到鲜花和青草。但冬天不也是这样的吗？冬天，我们可以围着火塘，听雪花飘落。而可能某一天，你看到一片融冰突然从枝头脱落，会发现可能没人注意到的小枝芽，已经鼓起了小包了。但你不会注意一个小芽的萌发，更不会看到芽苞的绽放。你已经没有这样的心情和耐性了。你不可能一整天都待着，似乎无所事事。

但慢慢地，融在这样自然的世界，不也是一种人生吗？

可惜，这些自然而然、亲近而浓情的乡土，已经消失了，或者正在加速消失。我们看到的那些美好事物，都在不断消逝，取而代之的是遍及全国的丑陋方形平顶火柴盒水泥小楼。这样的小楼层层叠叠，挨挨挤挤，像好奇的鸭子一样，全都挤在了各种不同等级的公路边，形成了遍及中国的可怕景观。

　　这种丑陋建筑，带给人的是一种无法抑制的疏离感。

　　人们不再与自然发生亲昵关系，而是侵占自然、破坏自然、远离自然，而成了自我抛弃、自我放逐的浪荡子。自我放逐的人类犹如进入了沙漠的乞丐，不再珍惜，不再自尊，而只是不断地毁坏。庞大的建筑垃圾侵占了原来的山坡、溪水和我的老家，而让那些自然而然地成长的花草树木，都成了跟不上发展速度的落后分子。

　　现在，越来越多人觉得，对自然的破坏、对家乡的抛弃已经成了我们心中最大的隐痛。回不去的老家，也化成了我们无法寄托心灵的忧伤。

　　既然谈到尼德根，那么继续写这座小镇吧。

　　尼德根在德国名城科隆以西六十多公里外，是坐落于悬崖上的城堡小镇。从中世纪开始，尼德根屹立在峭壁上，俯视埃菲尔国家自然公园的广袤森林。山顶小镇有一个小市街，有镇公所"耗子房"（Rathaus），有广场，有教堂。无论多大的城市，也无论多小的小镇，市政厅（镇公所）、广场、教堂三位一体，在德国以至于欧洲各国，形成了一道中世纪以来的独特城市景观。山顶上的尼德根镇唯缺少火车站，距离最近的小火车站，位于山脚下。

　　德国的大多数其他城镇，都有另一个景观：中央火车站。

　　这样，从中世纪到第一次工业革命，从蒸汽机到内燃机，这些城镇经历的五百年风风雨雨，每一个时代的印记几乎都保留下来了。

　　德国的大部分建筑，都毁于二战盟军的地毯式轰炸。

　　二战时，尼德根所在的多仁市所有建筑也几乎都化为废墟。战后，人们用废墟里找到的砖瓦，修建了现代建筑样式的多仁市教堂。而在二战期间被纳粹杀害的八十多个犹太人，他们的名字都被刻在他们居所前的街砖上，以表纪念。

多仁市人口不多，规模很小，相当于我们一个镇，没有几条大街道，一点都不热闹。

尼德根向着公路方向的大门，是两幢谷仓状巨大门楼，像德国北部名城吕贝克，规模自然小一些。这两个谷仓状门楼是真正的楼房，而不是牌匾。不知道有没有主人居住，显得很安静。门楼外，是蜿蜒的路，一路向下能够返回平原上的克鲁伊曹镇，继续往东是多仁市，再往东是科隆市。从科隆市中央火车站，乘坐"欧洲之星"高速列车，可以到达伦敦、巴黎、马德里等其他国家城市，而如果要飞向更远处，就要去北边的杜塞尔多夫，或者中部的法兰克福，或再向南的慕尼黑。这三座城市有大型的国际机场，通达世界各地，法兰克福尤其是航空枢纽中心。

尼德根的教堂不在小广场边，而是要继续前行，到悬崖边，这才看到夕阳西照下，红砖已经变成深褐色的教堂。教堂肃穆，尖顶融入蓝空，往下，十几级台阶远处，是一片安静的墓园。

那些墓地的主人已经去了天国，他们的墓碑显示了一个鲜活生命曾经的存在。现在，他们的墓碑与教堂一起，成为尼德根镇的一个组成部分。

墓地再过去，是颓败的城堡。这个规模宏大的城堡只剩下四围的城墙，从空空的窗子望出去，数百米之下的邻家小镇还在渺渺中。林地遮断，弯曲的公路断续地出现，又消失。

空气干净，极目远眺，山峦起伏，一直过去，翻过埃菲尔国家公园，是卢森堡。再远处，看不清楚的迷离处，大概是比利时以及荷兰边境犬牙交错的部分。

尼德根现在已经默默无闻，融进了沿着丘陵展开的大片麦地和断断续续的森林中。

谈到了尼德根和多仁市，苏笑柏老师有点激动。我们边喝啤酒，边参观他的工场，听他介绍自己采用两千年前中国古代普遍运用于湖北故乡、楚国故里的大漆工艺，来制作绘画作品。工场里雇了手工艺人，用胶合板、三夹板来组装合成类木头的厚板，在干燥木板上一遍遍刷大漆，干透后用砂纸打磨，然后再刷一次，总共刷九次以上，这样制造出厚重油漆面。在这九层油漆面上，他还要不断地磨，不断地刷，最后形成古风工艺装置作品——确切地说，不是绘画，不是装置，而是漆品。漆品融合了古今气息，在巴黎展出，在台北展出，极富古代楚国文化厚味。

几年前，苏笑柏老师把工作室搬回上海，在吴中路附近租了一个厂房，安静地做他的漆品。他说，有一段时间对绘画产生了厌倦和疲惫，不想再画画了。原来在中央美院学习的那些绘画技法和理念，完全无法在德国运用。那些理念太陈旧了，以致他无法在思想上推演。后来回到中国，发现了大漆的秘密，才迸发了新的创造激情。

楚文化深厚的气韵，古代漆器令人赞叹的高情，激发了苏笑柏老师的新创作。他的作品很难归到哪一门类去，就是一件工艺品，但高于工艺品。那些厚板的弧度，有些如同女性的腰臀，那种极其细腻的线条，令人产生特殊的感受。这些漆品气势逼人，大板会达到七八米高。

这是中国古代文化迷人的气息。但只有受到中西文化双重浸染的苏笑柏老师，才能重返历史和内心深处。

马可·波罗没有去过丽江

怎么描述你看到的丽江呢？

卡尔维诺在《隐形的城市》里，写威尼斯旅行家马可·波罗经过三年半的长途跋涉，来到了中国，见到了统治中国的蒙古族人、元朝忽必烈大帝。

忽必烈大帝拥有一个巨大得令人难以想象的帝国，大部分地区他自己都没有去过。他只是在自己的宫殿里召见各地和各国的使节，听他们讲述这个世界。他们小心翼翼地讲述时，忽必烈大帝倾听着，偶尔点点头。

当马可·波罗得到召见时，忽必烈大帝也请这个威尼斯人讲述自己旅途上的所见所闻。

有一个叫作威尼斯的共和国，在非常遥远的西方，马可·波罗就是从那里出发，经过了拜占庭，从中亚向东，沿着传说中的古老丝绸之路，走了上万公里。这一旅途非常遥远，他常常走着走着就糊涂了。

路途中，不断出现各种大大小小的城市。有看得见的城市，有看不见的城市。有存在的城市，有不存在的城市。有些城市，你进去了，就直接从她的心脏穿过去。有些城市，你还没有去过，就已经去过了。有些城市，你去过了，但是你还没有去过。有些城市在空中飘荡，人们在空气中行走。有些城市是倒着的，往地下长，那里的市民倒着走路，倒着生活。

马可·波罗见到的事情太多了，像一团乱麻，不知道该从哪里开始讲起。

他通过一副棋盘，向忽必烈大帝讲述自己的旅途见闻。帝国所统治的疆域之辽阔，简直是到了世界的尽头。帝国的绝大多数地方，忽必烈大帝不仅没有去过，甚至没有听说过。

马可·波罗的讲述忽必烈大帝有时心领神会，频频点头；有时迷惑不解，哈欠连连。每个人都有自己的城市，马可·波罗讲的是自己看到的城市，自己体会到的城市。

你去了马可·波罗讲述的地方之后，看到的也许是截然不同的景象。

比如在威尼斯，在那些被人们重复讲述了无数遍的地方，驻足、眺望、迷惘，混杂在世界各地来的游客中，在解说的喧嚣中，你看到的可能只是一个红衣女子谜一样的面孔，在贡朵拉前方墙壁上的窗口隐约浮现。贡朵拉去到近旁时，你却只看到一盆忧郁的鲜花，在窗前的吊篮上，被阳光投射，宛如叹息。

在马可·波罗的故乡，你失去了对马可·波罗的想象。

马可·波罗对忽必烈隐瞒了自己的城市。他讲了那么多的城市，可能都只是威尼斯的不同形象。通过讲述威尼斯，他把威尼斯藏在了故事的背后。

一座城市一旦讲出来，就会失去灵魂。

马可·波罗看到的丽江是不真实的，甚至是不存在的。

一座城市存在，是被讲出来的。

同样，在丽江这座被人们反复提起的古城，在那条著名的、喧闹的四方街酒吧街上，被疯狂的、宣泄的气氛所裹挟，你同样失去了对古老的、优雅的、惆怅的，乃至迷惘的气氛的想象。酒吧里那些面孔，瘦长、刻板、放纵、迷醉，相反的特质混杂在一起，显现出一种不真实的色彩。

真实的丽江和被描述的丽江，或者说，你感受到的丽江和口口相传的丽江，面貌也迥然而异。

在纳西人家客栈外面的某个酒吧里，窗外阳光如大雨倾盆，玉龙雪山当空照耀，这种气氛适宜于被描写成一种邂逅的背景，或者，用人们通常喜欢说的那个词：艳遇。

艳遇丽江。艳遇丽江。艳遇丽江。

请把这四个字默念三遍。那不是印刷字体的感受，而是一种身临其境的通透。所有这些感觉，你都可以说是虚假的，但是面朝窗口，双手抱着一个杯子，双眼在墨镜背后隐藏的女子，却是真实的。

这个女子不是你艳遇的目标，却是你观察的对象。

肖婷就这样坐在那里，好像一杆已经瞄准了目标的猎枪。

你是一只空洞的驯鹿。

是她在瞄准你呢，还是你在瞄准她？

谁是猎枪？谁是驯鹿？

你是不是应该说，"朝我开枪吧，让你的目光穿透我的心房"？

你是不是应该朝着"猎人"而去？

你走到窗前，对这位"猎人"说："请问你喝的是什么？"

"姜茶。"

"请来一杯姜茶！"你说。

"他要来一杯姜茶！"美艳的"猎人"回头对柜台后面说。

"你不是老板娘？"你问。

"不是，我也是来旅游的。"女子说。

女子捧着姜茶，坐在老板娘的位子上，目光穿过你的身体，来到街上。

剩下的故事，就变得简单了：

肖婷和两个男伴来到丽江。那两个男伴是丽江常客，一到丽江，他们就把肖婷扔下了。

肖婷对丽江的阳光过敏，脸上长满了小小的红疙瘩。在客栈里，她每天睡到自然醒，伸伸懒腰，然后起床，来这个酒吧里消磨一天的时光，坐在窗口，变成一杆猎枪，或者一头驯鹿。

你看着她，怎么看，都不像是一头驯鹿，倒像是一杆猎枪。

"说说看，你为何一个人在丽江？"肖婷说。

在这个故事里，时间、地点、人物，都非常合适，经典情节、经典结构：丽江的酒吧，一个美女，在一个午后。她先是猎枪，后来变成了一头驯鹿。

她在自己的墨镜后面闪闪发光，跟远处的玉龙雪山连成一体。姜茶辛辣和甘甜的滋味，在体内游走。

那时候你就想，这样开始谈论丽江，倒是一种很合适的气氛。

你的故事，应该从这里讲起。

但你的丽江叙述，繁文缛节，浅尝辄止。

春登东佘山之春

余兴袅袅

上海一马平川，除了平地，还是平地，另有几条被堤坝围困的弯曲河，分割着城市的肌肤。

无数摩天大楼的种子，被播种在地下，如龙牙骑士般突然发芽，见风就长，到处蔓延。

三十年来，高楼生长茂盛，长满了几乎整座城市，也长满了城市周边的河流、湖泊、山丘，如同一阵突如其来的病毒。

你去一个县城，都能看到三十多层的住宅楼拔地而起，顶在天穹下。

长江、黄浦江、吴淞江淤积而成的软泥滩慢慢干结成土地，在东海西，如大陆皮肤的一大块结痂。这种土层，据说难以建设大体量的摩天大楼。

但上海，却拥有全球最多的摩天大楼。

"陆家嘴三剑客"：金茂大厦、环球金融中心、上海中心。以时间先后顺序，依次升高，越来越高，成了现代中国最独特的符号。

刚刚落成的上海中心，如同一柄巨大的打蛋器，稳稳地夺取了"东亚第一高度"的荣誉。如果不是阿联酋的迪拜哈利法塔异军突起，上海中心的高度如同姚明的高度，还能继续称霸亚洲很多年。

热爱上海的魔都人民，亲切地把这三幢设计风格特出的摩天大楼称为"厨房三件套"。形象，亲昵，有爱意。

亚洲城市在建楼时，都有争当高度第一名的狂热。马来西亚吉隆坡的双子塔还热着，上海环球国际金融中心就建成了。台北101大厦最悲惨，理想高耸，一再拔高，但没有任何机会，被"陆家嘴三杰"彻底压低了。

阿联酋迪拜哈利法塔，不仅亚洲第一，也是世界第一。哈利法塔最厉害之处，是不告诉你最终高度，一直往上建，慢慢地建，有一种看别人的高度而随机长高的意思。因此，没有最终建好、停工、入住前，迪拜塔都能稳居世界第一。

但在摩天大楼的建设上，没有永远的第一，只有暂时的第一。在现代科技条件下，任何"第一"都只是一种幻觉。

据说中国天津、武汉、长沙等地，都已经有设计好的蓝图，全都是一千米以上的超高层。

上文说过，科幻大师阿瑟·克拉克的科幻小说《天堂的喷泉》写到了人类最终向天空进发。在未来某时，斯里兰卡的佛教名山，靠近赤道的地点，工程师用纳米材料建造了高达三万公里的天梯，直通天空之城——在拉格朗日点，那天空之城飘浮于几乎无根之域，太阳引力和地球引力于此对消而为零重力，几百万人居住于天空之城，成为天空之子。

据科学家预测，不久的将来，用纳米云技术，人类可以修建直通月球的"天阶"。这是可以"生长"并不断组合的台阶：在登阶者行进的前方，纳米天阶不断生出来，后面的不断雾化，跑到前面去组成纳米云。

分子机器的发明和发展，让这种幻想成为一种现实。

人类因此有望再度实现建造通天塔的伟大理想。

但是，修建在哪里？这是一个很重要的技术问题，并不是任何地方都能建造的。很可惜，上海无法成为天阶的出发点。

长江三角洲冲积平原一马平川，海拔低，找个土堆都难。

因境内无山，我上大学时，只能爬长风公园的铁臂山。大学时体能充沛，五十米高的铁臂山上下来回十几趟都不过瘾。

几年前春末，和太太带女儿去松江东佘山登高。

天还冷，但挡不过满山绿树翠竹的热情。

一直以为佘山只有天文台那一座，来到东佘山才知道，松江共有四座山，最高峰是天文台和天主教堂那座。

东佘山八百五十亩，林幽人静，翠竹满山。

我爱竹子，也爱山，但没有什么中心思想，而是打心底里喜欢。

松江位于环太湖文化圈内，人文荟萃，物产丰富。太湖文化圈自宋代以来就是中国文化的中心和动力源。明清代，环太湖流域成为文化输出核心地。

松江旧称"云间"，明末有"云间三子"——陈子龙、李雯和宋征舆——诗词闻名，形成了著名的"云间诗派"。

陈子龙才高而傲，被称为"明末第一大诗人"。与他伯仲的苏州太仓吴梅村诗才也高，但因做了三年清朝的官，只能屈居"清初第一大诗人"了。我对明代诗歌没有研究，吴梅村的名作《圆圆曲》却熟悉。真有气象，亡国气象。开头四句端的不凡，不下于历史上任何歌行：

> 鼎湖当日弃人间，破敌收京下玉关。
>
> 恸哭六军俱缟素，冲冠一怒为红颜。

俱往矣，不谈家仇与国恨。惟论吃喝，松江也颇有可说之处。早在北宋时期，松江鲈鱼就被嘴刁才子吃出名了。范仲淹的《江上渔者》是小学生背诵篇目：

> 江上往来人，但爱鲈鱼美。
>
> 君看一叶舟，出没风波里。

苏东坡也爱松江鲈鱼，在《戏书吴江三贤画像》里他写道：

> 浮世功劳食与眠，季鹰真得水中仙。
>
> 不须更说知几早，直为鲈鱼也自贤。

大书法家米芾《垂虹亭》更有气势：

> 断云一叶洞庭帆，玉破鲈鱼金破柑。
>
> 好作新诗寄桑苎，垂虹秋色满东南。

"鲈鱼"一词，已经成了美好食物的代名词。前些年，水产养殖专家重新育出已绝种的四腮鲈鱼，让历史传说中的美食成真，而为大妙事。唯有个小不妙，是有人考证出"松江鲈鱼"实际应该是"吴淞江鲈鱼"，说"松江鲈鱼"者是错误的。

"吴淞江"即现苏州河。

我八十年代末上大学，从华东师范大学去华东政法学院，走过几次苏州河桥。其时污染严重，夏天河水泛出腥臭气味，远远嗅到，头为之晕，鼻为之呛，实在不美好。九十年代后经过几次大的治理，清挖淤泥，苏州河已无臭味，但很难恢复以前吴淞江之清澈了。

几年前听说有鱼在游，不知道四腮鲈鱼在否？

太湖才子有个共同爱好：秋收过后，银子多得压手时，雇一叶扁舟，从各个方向横越烟波浩渺的太湖，去苏州因果巷寻花问柳。

舟行水面，一平如镜，一风如刀，一闷如骚。

须炖一锅红泥小火炉羊肉，温一坛绍兴花雕女儿红，一路上吟点酸诗，赋些辣曲，吃喝玩乐，一天一夜，也就靠岸了。

才子一上岸，就往烟花袅袅人悠悠的因果巷赶，可谓马不停蹄手不释卷。

那时烟花女子大多有才，著名的"秦淮八艳"都是可以当"女校书"的识文佳人。我曾读《柳如是诗文集》，因之前不知，不懂，惊讶且惭愧。

明末文坛领袖钱谦益才高而无行，中年以后经历了改朝换代，各种难以言说之事轮番出现。但他倒是个真人，五十八岁时与妙龄之柳如是结发为夫妻，在南京秦淮河乘舟宴请宾客，据说桥上河畔，路人不齿而纷纷扔西红柿臭鸡蛋。

当时有没有西红柿还有待考证，臭鸡蛋自古很多。

钱谦益面不改色心不跳，继续举杯邀明月。

他决定冷静下来修心当学者，定居于常熟，建绛云书楼。每次需要查找典故出处，都是柳如是奔上绛云楼，不一会儿就找到了钱谦益要的那本书，翻到出处。绛云楼据说藏书四万卷，是当时江南藏书楼中的瑰宝之一，藏有钱谦益一生中搜集来的大量宋元珍本。以钱谦益名重于世的地位，以他的眼光和高才，他收集的古籍珍本定然是无比珍贵。钱谦益的《绛云楼序跋集》里有一篇跋，写自己辛辛苦苦寻找一本宋版书，最后花了两千两银子购入。

如此丰富的藏书楼，被端着蜡烛的愚钝仆人，一把火化为灰烬。

与此同时化为灰烬的，还有柳如是的绝世才华。

大诗人龚鼎孳做过清代尚书，他后来娶妾顾横波，也是"秦淮八艳"中的著名才女，后称"横波夫人"。

"吴江派"后七子代表作家袁于令，也是才高无行。他十九岁创作名剧《西楼梦》，女主人公穆素徽的原型即为绍兴名妓周绮生。

周绮生自幼多才，后到苏州卖艺，颇有几首好诗传诵。才子啸聚，多聘请她为"节目主持人"，所谓"分韵赋诗"，要脱口而出，很不容易。

明末的太湖流域，风流故事多多，但也不乏慷慨激昂之士。

"云间三子"之一的李雯，不幸赶在了明朝最后一年上京赶考，先在李闯农民军对知识分子的大肆屠杀中侥幸活下来，接着做了多尔衮幕僚——多尔衮致史可法的劝降信，就是李雯的手笔。一六四七年，李雯返松江省亲，发现旧时好友凋零殆尽，最有才气的陈子龙也在被清兵捕获押往北京的途中坠水明志。

李雯一六四八年回到北京，感时伤势，随即病殁。

嘉兴离松江不远，河道相连，摇橹往来，十分方便。陈子龙年轻时也是风流才子，传说曾与柳如是在嘉兴小红楼同居三年。学者土默热先生考证说，他们就是贾宝玉和林黛玉的原型。也有一种说法认为，陈子龙是一个骄傲的人物，他不可能接纳柳如是，才女只得黯然下嫁明末文宗钱谦益——钱谦益虽然才高八斗，但没有殉明勇气。他在南明小朝廷做了高官，没有史可法守扬州宁可"易子而食"，宁可溃城后遭到清兵屠城而却不投降的决绝勇气。钱谦益还是开城门投降清兵，保住了南京一城百姓的性命，成为清人作《明史》时"贰臣传"的头牌。二牌很多，吴梅村、龚鼎孳都在里面。

清人修《明史》，首先嫌恶降清的士子，这是什么心态？

陈子龙和柳如是幽居嘉兴小红楼，这说法不是红学正统，颇受排斥。但我觉得《红楼梦》只能诞生于环太湖流域，唯长期浸润华夏传统文化的大家巨贵之嫡后，才能写出。

曹雪芹的父亲是曹寅养子，曹寅任职江宁织造，虽然富贵，可到了曹雪芹时，少年即家庭败落，又兼有旗人之心性，哪里能领悟得到太湖文化的浩渺深婉？

北京有位红学家考证《红楼梦》里的螃蟹产于天津宝坻，是一种海蟹。他难道没读过《红楼梦》原文？小说里，薛家送来的几筐螃蟹，明明白白说是稻田里抓的。大观园里做诗社玩的小嫩人们，加上"小鲜肉"贾宝玉，都懂得温"金华"黄酒来吃螃蟹。

这全都是江南旧俗。

有人考证说，清初大戏曲家、大诗人、四大名剧之一《长生殿》的作者洪昇，才是《红楼梦》原稿的真正作者。原稿可能就是已佚失的那部《风月宝鉴》。穷困潦倒的大家之后洪昇，从北京谋官未遂，回到杭州老家，一直很不如意。在五十九岁那年，他得到曹寅的邀请，去南京排演三天三夜《长生殿》，曹寅还答应帮忙刻印《风月宝鉴》。老先生携带着书稿，兴冲冲而去，大吃大喝大场面好多天之后，又兴冲冲返回杭州。船过乌镇，已是星光满空，喝得醉醺醺的洪昇老先生到船头解手，掉进河里，溺亡。他的书稿曹寅并没有找人刻印。随着曹家被抄，洪昇的珍贵手稿也不知所踪了，一直过了半个世纪，才落到一个落魄中年的手里。他"批阅十载，增删五次"，把这原本的《风月宝鉴》改编为《红楼梦》，自己又化名"脂砚斋"来点评这部作品。这部书从此开始在士人读者中慢慢传开。

这只是一个故事，听听就好，但也有趣。

东佘山尚存有明末大书画家、也是主要大书商之一的陈继儒的遗迹。东佘山不高，有了陈继儒等名家，就有了风韵。

我也爱竹子，但不是风雅遗泽，不是"宁可食无肉，不可居无竹"，而是因为小时家里院子前，有一丛好竹，看着看着，就习惯了。

我的家乡雷州半岛，竹子长得大模大样的，婆娑蔽空，粗粝坚硬，缺少温文儒雅，不过倒是颇有可玩性。

有一种石竹，其径若海碗，高耸入云端，且枝枝蔓蔓，一点都不爽朗。一蓬石竹长在一起，像旧时大户人家的高堡，很刚强。小时候父亲给我们讲故事，说日本人的飞机爱往我家乡扔炸弹，但却是臭蛋。扔完，屁股放屁，"突突突"跑了。

有一次，炸弹扔到了一蓬石竹上，石竹枝叶织网托住了，没掉下来，也没有爆炸。就这样支在竹上，像一个巨大的鸟蛋，也像是恐龙蛋。

过去我坚信不疑。学了点科学知识后，成了怀疑家，什么都将信将疑了。

将信将疑好不好？未必好，有了传说，人类才有趣。

这石竹，劈开的切面金黄油润，硬如铁石，家乡贫户用来搭建房屋，工巧的可以抵御台风、龙卷风。

古人所咏所画之竹，郑板桥所谓"骨气"之竹，我都觉得

"小"了。小而无力，只是中国传统文人胸中的一种小格局。这种小格局，却传下来了，被当作一种高雅之风。

说到高雅大气，天目山的修竹，是让人难忘的。

东佘山，终于还是小了一点。

但也不妨碍它是一座山。

消磨无用时光，给我一个地方

对大多数人来说，夜晚都是无趣的，留不下一点记忆。

夜夜寂寞，夜夜空白。

但有一个夜晚，因为某人做了一件荒唐事，一千八百年来为人津津乐道。

东晋时有个人住在绍兴，忽然夜里下雪，他被雪吵醒了。眼见四野皑皑，一片好雪，他叫家人煮酒，以雪佐酒，兴致很高，吟诵左思名作《招隐》诗，想起住在剡的老友戴。

雪下得这么好，觉得自己必须立即去见他。

夜深，大雪，风紧，他吩咐备船，去剡。

船夫摇橹，欸乃不停，一夜行进在曹娥江上，天亮时，赶到老友家门前。这时，他忽然觉得意兴阑珊，吩咐船夫掉头，原路返回。

有人问：你去都去了，到了人家门口，怎么不敲门？

他说：我本来就是一时兴起，乘兴而去。到了那里，兴尽，就回来了。又何必去敲他的门？

这个故事很有名，叫《雪夜访戴》，出自南朝刘义庆编写的《世说新语》。主人公叫作王徽之，字子猷，是大书法家王羲之的第五个儿子。他的朋友叫作戴安道，那时在剡县居住。

原文是这样的：

> 王子猷居山阴。夜大雪，眠觉，开室，命酌酒。四望皎然，因起彷徨，咏左思《招隐》诗。忽忆戴安道；时戴在剡，即便夜乘小船就之。经宿方至，造门不前而返。人问其故，王曰："吾本乘兴而行，兴尽而返，何必见戴？"

这个故事简约、有趣，一看就明白。核心是"兴"，高兴，及不高兴。

一个人一生，大多时间就在"高兴"与"不高兴"中。

高兴不高兴，跟钱有关，但不是必然关联。

你要吃饱喝足，才能"温饱思淫欲"。

不然，每天面朝黄土背朝天，思什么？

有人立即反驳我说：唱信天游的，最思淫欲。

呵呵。

好吧，我们不谈"淫欲"，我们谈"消遣"。

我有时候开车回家，晚了，小区停不下，停在隔壁酒店。停车时，总发现裙房这一排，车停得满满的，透过窗子可以看到各个房间也满满的，且烟雾缭绕。在干什么？打扑克！打麻将！打扑克和打麻将，竟然深宵不止。

我不爱打扑克，也不会打麻将，体会不到其中的快乐。

但这些人，无疑也有自己的乐趣。

谈文学，谈哲学，谈社会学，谈各种游玩，人们最爱高屋建瓴，说些漂亮话。人生其实没什么大事，没什么要事，大部分人的大部分人生，都是没意义的。就是这样晃来晃去，吃饱喝足，之后就想尽办法来消遣。

为什么要消遣，因为无聊。

米兰·昆德拉说：无聊是人生中最大的秘密。

小说的出现，跟无聊密切相关。

我们现在看，《世说新语》也可以称为小说，是小故事，但不是"虚构"作品，而是前朝那些高士们的奇闻逸事、怪异行状。

这些人性格各异，行事不拘小节的有之，视金钱如粪土如管宁者有之，对权贵毫不买账吹胡子瞪眼如嵇康者有之，行事怪异完全不通于世情者如王子猷有之。

王子猷洒脱，爽直。夜晚无聊，想起了朋友，高兴就去，兴尽了就回，来一次"说走就走的旅行"。

如有人模仿王子猷"兴尽而返"，说不定会被人骂死。装要有个限度，你不是王子猷，也这样装，可能被扔进曹娥江。

说走就走的旅行，说起来容易，做起来万般艰难。

且不说钱，不说时间，去哪里？对我这种懒惰而挑剔的人来说，就怕人和人挤成面团，名胜古迹大多不能去。我也不喜欢看起来金碧辉煌而侍者冷漠的豪华酒店。

我要找一个能安静待几天，吃喝方便，居住干净舒适，水好空气好的地方。最好有点景致，有美人，可以远远看着，欣赏着，在自己的脑子里编故事。

"远看山有色，近听水无声。"

这是一幅画，不是真山真水真人。

我不爱画，我喜欢真山真水真人，喜欢人与人之间友善的关系。如晋陶渊明《桃花源记》里写的那些淳朴古民，人和人之间没有复杂关系，没有疑神疑鬼。简单，和善，热情。

十年前我在丽江住过一周，那时民宿已热闹起来了。有些神奇女子，旅游到了那里，不想走了，租一个房子，开客栈。然后，她们就当上了老板娘。

唐传奇里有一部名作《板桥三娘子》。开店的小娘子半夜三更起来，在自己床前开荒种地，瞬间收成了几斗小麦，第二天做成烧饼给旅客吃。吃了烧饼的旅客，都就地一滚，变成了驴子，被三娘子赶到后院去。

我在丽江结识了几个老板娘，年轻漂亮有气质。

她们请我去客栈里坐，做菜给我吃，一起闲聊。自然是付钱的，但我总觉得，在那里，在那时，人和人之间的距离消失了。没那么多提防，没那么多心眼。很好，很方便，不那么彼此疑虑，否则太消耗能量。

在北街，有弟兄俩着迷于丽江的纳西线刻艺术，弟弟艺术感上佳。好几千块钱一块的纳西战神线刻，我竟然就买下来了。但是，我钱不够，他们说给我寄来，我回到上海后，再给他们汇钱过去。

回到上海后第二天，我收到了他们寄来的大木板线刻画。我呢，把欠下的款从邮局汇给他们。

十年前不是很早，但对于电子商务时代而言，就相当于原始社会，没有网络银行、支付宝、微信，没有 Apple Pay。

我去过贵州很多地方，觉得镇远是一座美丽的小城，山水安静，房舍美好，待几天很不错。最好是八天，一周 plus。有山有水有故事，好吃好喝好女子。我去了，就不想回来了。

十年前，交通不便，现在大概很方便了。

有一年夏天，我全家在台北待了足足八天。不去台南，不环岛游，不去阿里山，不去东部眺望大海，就在台北和台北周边吃吃喝喝，逛逛乐乐。

"九份"那个小镇如今太有名了，街道又小，挨挨挤挤的，真太麻烦。但还有其他不知名小镇，那儿的炸花枝是实实在在的美味，分量超级足。

有个小镇据说专门卖白斩鸭。我们赶过去，发现满镇都是白斩鸭。最有名那间店，服务生进进出出如流水般，端着一盘盘白斩鸭，递送给客人。没有什么豪华桌面，也没有什么其他大菜，很多人站着吃鸭子，盐水鸭。

我们买了半只，等了很久，然后捧着小盒站着吃。

盐水鸭不是南京名产吗？

九十年代末去南京，评论家王干请客去某个街头小店，吃现做的新鲜盐水鸭。那个味道，很难忘，后来在秦淮河、玄武湖等周边名店，都再也没有吃到那种美味了。没想到会在台北边上一个小镇上，吃到这么好的盐水鸭，味道比记忆中更纯粹。

在台北，没去过什么特别豪华场所，普通小店就很好，没见外，没不舒服感。

小街小道，都不宽敞，但路面干净，行人舒缓。我们去逛了几个小书店，也一点都不鲜亮。永康街很有名，真不长，更不宽，没看到牛店摆着大店招。如果不是朋友带着逛，真不知有什么可逛的。书店虽小，内容丰富，挑挑拣拣，买了好多书。

我们住一个宾馆，早晨时遇见一个服务生大姐。她第二天就摸清了我们爱睡懒觉的特点，早餐时总给我们留一点好吃的。酒店每天的早餐都有一款不同的点心。

很多人都爱这样闲逛，不是走马观花，急吼吼地跑来跑去，到处拍照留影，而是慢慢走，逛累了坐着喝喝茶，喝喝咖啡，消磨悠闲时光。

打发无聊时光的最好办法，就是闲逛。

王子猷也是无聊，无聊到深更半夜起来喝酒，喝了酒还让船夫摇船大老远去见老友。去就去了吧，到了人家门口，竟然掉头就走了。

这不是无聊是什么？

山阴现在是绍兴，剡县现在是嵊州，两座古越名城，一在下游，一在上游。我查了一下地图，高速公路上相距八十多公里，开车一个小时一刻钟左右。

以东晋时期的交通方式和交通条件，王子猷"说走就走"，溯曹娥江而上，一百多里水路，一整夜摇橹就能到，算是快船了。可王子猷到了又立即返回，你说要有多麻烦啊。这么做，是非常不容易的，不是非常无聊的人，做不到这一点。

我想那位船夫必定肌肉发达，臂如腿粗，是内家高手，有无穷无尽的力气，摇一整夜船都不累也不困，还要是地理学高手——在夜里，即便是皎月当空照，看水路各种交叉弯道，如何就能准确地摇到剡？

端的厉害非凡。

很多年前可能曾在曹娥江乘过船。水流潺湲之处，澄澈空明，游鱼历历可数，如在空中。

后来又想大概是在剡溪，从奉化一直流到宁波入海。

但剡溪水浅，不适合摇橹，记忆就混淆了。

总之，有四处闲游时光，是因为孩子还没有上学。逛到没朋友，感觉也挺好。

有一次去了桃渚古城，从浙江临海那里七拐八绕的，沿着稻田去到了古城，说是抗倭的老墙。但该地村民竟然要收钱才给进去参观，我们竟然也不交钱，就是不进去。为此，我们不进去过很多地方，但是，似乎也没有什么损失。我不觉得在什么地方拍个照，发个朋友圈，就是旅游。

上个月有一天，厦门纸的时代书店的朋友给我发消息，说在桂林开了一家民宿，免费提供给我八天，我可以住在那里发呆、闲逛、写作。

这真是一个诱人的邀请。

但是，我竟然拒绝了。

我的理由，是最近太忙，不愿意外出。

这算是什么理由？

能收回吗？

一周 plus，真正的好事啊。

德国火车旅行记

不知怎么的，忽然要不断地谈火车了。

在欧洲，最便利最愉快的旅行方式是乘火车。

我曾在德国科隆市西部的朗恩博贺村住过半年，趁那个机会，和太太、女儿一起，到处逛。

住的乡村太偏僻，连乘公交都要翻过一个山头，走半个小时去等候。到十几公里外的多仁市去乘火车，只好打车。德国出租车大多是奔驰，十几公里要二十多欧，很贵。好在"伯尔小屋"与朵拉出租车公司有协议，访问学者叫车可以优惠，总价只收六块九。但这也不便宜。

从多仁市乘火车到科隆半个小时。

科隆是大城市、枢纽站，从科隆中央火车站乘车可以直达巴黎，三个半小时。我们离巴黎这么近，竟然没有乘车去，这到底是为什么呢？

德国城市中央火车站都叫作 Hauptbahnhof，除了火车，还有地铁、公交各种线路交汇，一般都在市中心，出来就是市政广场、教堂、市政厅。

乘火车旅行，要多方便有多方便。

德国大城市不多，中央火车站各异。

最大的柏林，人口也不过三百多万。柏林中央火车站是新式大楼，共五层，轻轨环绕高空忽然而过，很后现代。柏林中央火车站链接东欧和西欧，每天人流潮涌，旅客来自四面八方，是极其重要的交通枢纽。

汉堡的车站是从上面往下走，地铁列车直接在火车旁边公然停靠，不细看还以为是另一班火车。

慕尼黑火车站是一个扇面，火车开到了铁路尽头，旅客下来，沿着月台走到尽头出去。一进站，可以看到很多列车轨竖着向外延伸，开进开出，有条不紊，那种感觉很特别。

科隆是经地下通道直接从各个月台下的通道进去，没人管你，没人设关卡查你车票和身份证，就这样自由地进进出出。但偶尔也能在车站通道口看到一两个警察。据德国朋友说，现在德国已经不复几年前那种平静悠闲安全了。

有次从卢森堡到布鲁塞尔，到根特，到安特卫普，到阿姆斯特丹，回德国。快车直通法兰克福，再从法兰克福到科隆，一通环绕，已经是下半夜了。

我们一家三口坐在科隆大教堂前台阶上，看一伙青少年骑自行车玩。他们骑着自行车，从教堂台阶上直接冲下去。就这样玩。但是他们一点都不吵，说话轻轻的，不像街头小混混。我们坐在旁边，也不感到害怕。

现在，科隆大教堂前不知道还有没有这样的祥和。

科隆大教堂正门关了，旁边小门开着，我们也去凑热闹。"东方三圣"那个大厅开着门，有信徒深夜点蜡烛，膜拜。我们不是信徒，也点了蜡烛。

德国不大，乘火车总是几小时内到达。我们去最南部的慕尼黑都是乘火车的，为了省钱，乘慢车。慢车也有好处，可以看沿途城市、小镇、河流，哪里好玩就在哪里下。一下车，往往就会发现自己身处小镇中心——如大多数德国小镇一样，广场、市政厅和教堂就在火车站周边，这是小镇生活的中心。

有些小镇非常安静，有些很热闹。

德国南部最有名的旅游景点之一新天鹅堡，中国游客纷如飞蛾，高频拍照，以背景有一座城堡为荣。我们也不能免俗，去并且拍照。

有马车队在山下拉客，众人排队。见一个中国中年男子，方脸、大眼、肤黝，腰上横别着手机，穿着纺绸类斑点 T恤，后面亦步亦趋跟着一小个子眼镜男。听他的意思，排队很烦，也不威风，要后者想办法，找个路子开个后门。

有个德国人是他们的陪同，跟眼镜男边交谈，边摇头。

我们没有继续观察，而是排队向前挪步，很快就上马车了。

两匹高头大马拉了十几个人，到半山腰，忽然拉屎一大泡，满座皆惊。

我们坐在后排座，女儿本还略不满意，我说倒着看山路也很有意思的。马一拉屎，前排如炸窝般惊叫，女儿感到幸运：好在没有坐前排！

我说，事情是各有因果的。也许你坐前排时，马就不拉屎了。

新天鹅堡在慕尼黑富森镇，这是一座大而热闹的小镇。镇中心商业发达，有一座不记得其名字的中心城堡，很受冷落，没有游人。我们摸进去，发现展览着欧洲文艺复兴前十三、十四世纪的绘画！看着这些人物干瘦的绘画，我发表了一点点看法，说文艺复兴之前，人本身的价值是不重要的，得不到尊重，一切归于上帝；但文艺复兴后，在绘画大师笔下，人突然焕发了光彩，人体突然有了审美价值。中国大作家周作人写了一篇《人的文学》，赞美文学和艺术中的"大写的人"。对比文艺复兴时期的名作和这些人物干瘦、色彩暗淡、构图僵化、运笔凝塞的绘画，会发现后者跟文艺复兴之后的新审美正好成一种反走向，故而难逃默默无闻的命运。

这是非常好的资料，可惜没人知道。

从科隆去慕尼黑，好几百公里，大概上千公里，很远的样子。德国火车在速度上落后于我们，要很长时间才能到。"欧洲之星"是快车，每小时一百六十公里，比我们的高铁速度慢一半。为了省钱，我们乘慢车，时间就更长了。

中途有曼海姆，工业城市，不是很好玩，记得有个乙级足球队。曼海姆中转，去海德堡。海德堡因历史悠久的海德堡大学而闻名遐迩。

哲学大师海德格尔散过步的哲学家小径，也已经成了旅游景点。

到了海德堡才发现，小镇不小，很热闹，比一般小镇热闹得多。房屋也很新。德国人爱刷墙，过几年就刷一遍，外面看着，房子都是崭新的。内部虽然不一定崭新，但一定是各方面都妥帖地好。旧款的也好，因为质量好，旧也旧得有模有样。海德堡大学看不出大门口在哪里——德国很多大学都找不到大门，校舍跟镇子融为一体。走着走着，突然就到了大学里的草坪、教学楼。海德堡大学的训诫楼据说是关那些调皮捣蛋的学生的，就在靠近镇中心的位置，有个小小的铭牌，标明是关押学生的监所。一个男生在海德堡大学读书，竟然没有被关押过，大概成色就不足了吧?

再返回曼海姆去慕尼黑，深夜，火车在铁路上直驰，又下大雨，感觉微妙。

中间突然停了半个小时，列车员匆匆忙忙跑来，每人发一份文件。我们都不懂德文，一脸茫然。邻座一位六十岁左右的先生，着衬衫打领带，穿得很正式，他热情地跟我们打招呼，用英文跟我们解释：原来是火车撞了一头牛，晚点了。德铁公司要给旅客赔钱，每人可得二十八欧元。手续是填表，留下银行卡号，到时候退款。这时，我才发现中国的银行卡很不国际，没有国际通用号。这就导致我们无法收到德铁退给我们的钱了。

那位绅士反复解释、指导，一直到火车驶入慕尼黑，我们都无法解决这个古怪的问题。极其遗憾，损失了八十四欧元巨款。

凌晨，走在慕尼黑街道上，我忽然想到，为何不干脆填那位绅士的卡号，把钱打入他的账号呢？太太说，德国人不会这么做的。

她在德国待过的时间比较长，在不来梅市里，接触德国人多，更了解他们的"习性"。我说倒也是，然后，我们一起看着黑黢黢的街道，慢慢地发愁。

我们订的旅馆离慕尼黑火车站不远，但夜里迷失了方向，不知如何是好。那时手机上没有 Google Map，找路没现在这么方便。

走到一个有轨车站，忘了是路面地铁还是有轨电车，看着一拨人刚刚上车走了，只剩下两个男人，依依不舍地拉着手。

我和太太、女儿对视一下，心里没底。

我们中国式思维，觉得女儿出马最好，可是那时她才五年级，还小。

只好我亲自上阵了。稍微靠近他们一点，我就来了个很不标准的"嗯书里恭"——打扰。

像口香糖黏在一起的两位男士，被无形的力量稍微拉扯开了。

我用英文说了一下我们在找旅馆的事情，其中一个很酷的白面帅哥频频点头，用英文极其流利地说，不远不远，很方便，别着急。

下一班车来了，他的伙伴上了车，又是一番依依不舍，然后车开走了，他友好地走向我们，让我们跟他走。没几步路，他靠近一辆出租车，聊了几句德文，那个司机慢慢说了几句，很有气度的样子。男士又回转身说，司机讲很近，不用打车。

我们一阵惊疑，觉得这一切都很诡异，像是设了一个什么局。凌晨的黑夜里，总觉得怪怪的。

女儿拉着我的手，我们一起跟着这位帅哥往前走。大家没说话，因为我的英文也没达到随便瞎聊的程度，他可能也在想着刚刚分别的朋友。

没几分钟，他指着街对面说，就是那里，就是那个，don't worry!

旅馆没有关门，进了门就是一个台子，边上的墙上挂一个小牌子，上面写着太太的名字，说你们晚到的话，请直接到某某号房间，钥匙就在门上，手续明天早上你们起来再办理，云云。连入住手续都不办了，也不查身份证或者护照，如此这般不严肃。

帅哥又带我们上三楼，有些愉快地指着门，说，瞧，钥匙！Don't worry!

可能我们三个中国人的惊慌失措被他观察到了，他一直很谨慎地跟我们保持一两个身位的距离，一种有修养的人士自发地给予安全感的距离。他不辞辛苦，甚至与自己的朋友分手，一个人带我们走了十几分钟找到旅馆，全程连说了三遍"别担心"。

他们这种友好态度，热心又节制的方式，让我们一家都很感动，觉得他们是德国的活雷锋。后来在汉堡等地迷路时，也都碰上了德国活雷锋，不是随手一指，而是耐心带你去找，然后微笑再见。

后来，我们在慕尼黑闲逛，发现玛丽亚广场非常热闹，男男女女穿梭往来，像是一个集会，边上有我们爱吃的烤香肠和啤酒。我和太太、女儿也闯进去了。可惜听不懂德文，很遗憾不知道一个小舞台上的演员在说什么。

女儿注意到一个高头大马、化着浓妆、形象怪异的大婶，我们也注意到了。

最后，我们一起注意到了：这是一个变装集会！那些大婶，都是大叔！

要撤吗？我们对视一眼。

我说，没关系，吃完再慢慢离开，动静别太大，让人家觉察出来不好。

然后，我们就非常自然地吃喝完毕，离开了这里，去旁边的玩具博物馆。

从慕尼黑去新天鹅堡也要搭乘火车，然后从新天鹅堡去德国南部最有名的旅游胜地，阿尔卑斯山下的伽美什 - 帕滕基兴，这两个小镇是连在一起的，在德国最高峰楚格峰下。富森去那里有一条奇怪的路线，不知道太太怎么发现的，好像是登录德铁官网，他们的旅行指导会给你列出参考路线。当时设备不精良，太太细心地写在本子上：在富森车站乘一辆黄色邮政车，经过奥地利边境某小站，再乘火车转回德国境内去楚格峰。

这趟邮政车联结德国和奥地利边境若干个乡村。我们乘上去才发现，这趟车不断地在路上绕来绕去，有路不好好走，只是为了进入某个乡村，偶尔接着一个人。到奥地利的那个小镇，只剩下我们一家三口。接着就是一班短途火车，直接在山里开，似乎开进了森林里，到处都是绿色，一直到目的地，那种绿都染在眼睛里，抹不开。现在，还记得那种亮得温暖的绿色。

火车站在帕滕基兴，登山的齿轨火车在伽美什，各有特点。

齿轨火车加上楚格峰顶的缆车，一家三口总价一百四十八欧元，凭票可以随意搭乘。

齿轨火车从山脚下一口气开到海拔两千六百多米的山峰上，大夏天的，两旁坡面堆满了积雪。我们看到一幢用褐色石头建造的小型教堂。

再搭乘缆车上到海拔二千九百六十米的山巅。

德国人在最高峰搭了一个大平台，照例有烤香肠，有啤酒。

端着一杯德国啤酒，以远处的阿尔卑斯雪山为背景，我实实在在地摆拍了好几张照片。

有一家日本人，也是三口，跟我们坐在了一起。

大家没有怎么交流，都有亚洲式的拘谨。

我们就是喝酒，举杯示意了一下，算是问好。

下山乘落差达到两千三百米的缆车，一路从积雪皑皑的石头山上往下，穿过高山灌木丛，进入高山针叶林，落入阔叶林，来到海拔七百米处的如镜子般平静的埃伯湖。如此干净，如此澄澈，倒映着高山和流云，犹如梦境。

照例要在湖边吃香肠，喝啤酒。

一家三口摇船出去，我说，这么好的水，这么好的山，我要是不下去，一辈子都会后悔的。

在女儿的紧张注视下，我一个猛子扎进水里。

冰凉的湖水，是高山融雪流下来的。

仰面浮在水上，看着近旁的楚格峰，看着楚格峰山擦着的云。

还有，镜面上漂着的小船。

巴西有没有大象

——拉丁美洲的文学地图

巴西举办奥运会，我惭愧地发现，对巴西真的所知不多。

巴西上次举办世界杯足球赛，德国冠军，阿根廷亚军，荷兰季军，巴西第四名。这让我大为不解。

在哪国举办就哪国出好成绩，是我的固定思维。例如，日本韩国合办世界杯，韩国竟然进入了四强！巴西本来就是世界足球霸主，又在巴西举办世界杯，结果应该如此：巴西冠军，阿根廷亚军，第三、四名分给欧洲。

体育竞赛具有不可预测性、偶然性，"分果果"思维显然行不通。

如果没有足球呢，还知道巴西什么？

我脑子里浮现出小朋友听了都会很生气的问题：巴西有没有大象？

好吧，没有。

那么，巴西有没有鳄鱼？

巴西有没有长颈鹿？

这些似乎都是非洲的动物。巴西在南美洲，巴西有什么动物？

上网搜一下才知道，巴西有树懒，有食蚁兽，有美洲豹。看来，猛兽不如非洲和亚洲多。

在森林里，人类完全不是猛兽对手，在城市之中，我们却热爱猛兽。

我不由得要卖弄一下自己记得的英国大诗人布莱克的诗：

> 猛虎！猛虎！火焰似的烧红
> 在深夜的莽丛！

这是徐志摩翻译的《猛虎》，收入《猛虎集》。布莱克写得好，徐志摩翻译得好。其他人译为"老虎"，味道都不对，语感都不对。诗歌最讲究的：第一是语感，第二还是语感。

写猛兽的诗人还有奥地利的里尔克，《豹——在巴黎动物园》也是名作：

> 它的目光，被那走不完的栅栏
> 缠得如此疲倦。

巴西隔壁阿根廷的博尔赫斯是开脑洞的大师，他也写过猛兽，名作《老虎的金黄》一度是文艺青年居家旅行必备。我上大学时，博氏飓风正蔓延，嘴里须臾不能停止地说出这个名字：豪尔赫·路易斯·博尔赫斯！要把姓名都说全才是那时正宗文艺青年的接头暗号，单说"博尔赫斯"会被我们鄙视。舌头在上腭弹跳三次，用中文很难产生那种效果。我听外语系姑娘用西班牙语说过，天知道是不是正宗。但域外之音，总是迷人的。

博尔赫斯迷宫般的小说，容我们以后再谈，他的诗也让人感到难以理解和刺激，如"镜子和交媾都是污秽的 / 因为它们都让人口增加"。

《老虎的金黄》，我总记成"老虎的黄金"：

> 我长久地注视着
>
> 那威猛的孟加拉虎
>
> 直到金黄的傍晚
>
> 它来回巡行在栅栏里
>
> 自己踏出的小径上
>
> 不知这是囚禁它的牢笼

博尔赫斯在这首诗里，也提到了布莱克的《猛虎》，是对布莱克的致敬。这种做法形成了诗歌史的一种微妙传承和源流。

阿根廷有很多了不起的小说家，除了"豪·路·博尔赫斯"之外，还有拉丁美洲文学爆炸时期的代表作家科塔萨尔。多么杰出的天才，多么新奇的名字！他的代表作《跳房子》翻译成中文，厚厚一本砖头，刚出版我就买回来了。

拉丁美洲虽然进入不了经济学家的眼眶，但拉美文学爆炸时期及其前后，共有智利诗人米斯特拉尔、危地马拉小说家阿斯图里亚斯、智利诗人巴勃罗·聂鲁达、哥伦比亚小说家加西亚·马尔克斯、秘鲁小说家巴尔加斯·略萨五位诺贝尔文学奖获得者。未获诺贝尔文学奖的拉美文学大师群也星光灿烂！阿根廷的博尔赫斯和科塔萨尔、古巴的卡彭铁尔、墨西哥的胡安·鲁尔福和富恩特斯等，都是作家中的作家，深受包括我在内的各国文学青年的追捧。以加西亚·马尔克斯《百年孤独》为代表的魔幻现实主义风行天下，魅力无穷。此风劲刮时，举世皆惊，我们这些文学青年都如数家珍啊。现在写作，我还常常会想起《百年孤独》那个经典开头。

马尔克斯两年前去世，我还写了一篇长文纪念他，细说他对我的启蒙如醍醐灌顶。

英年早逝的智利诗人、著名小说家罗贝托·巴拉尼奥近些年突然风行，新一代文艺青年大概都如雷贯耳吧。他的名作《2666》一时传颂，我也是第一时间就买回来了。

坦白从宽：《跳房子》和《2666》一直搁在书架上，没有看完。

上文提到的十几位了不起的作家，都是讲西班牙语的。

我就不必再提智利大诗人巴勃罗·聂鲁达了，他的《二十首情诗和一首绝望的歌》是说走就走的文艺女青年居家旅行必备啊。化妆包里有这本诗集，颜格会瞬间提升三五倍。

凭记忆加搜索，我拼凑出这幅简单的拉丁美洲文学地图，发现少了一大块：巴西。

巴西占据南美最大的国土面积，但其文学创作成就与庞大国土不能媲美。

难道是因为巴西通行葡萄牙语？

小语种写作相对大语种，都天然有劣势。

东欧是一片神奇土地，蜚声国际的大作家如捷克的米兰·昆德拉、阿尔巴尼亚的卡达莱都定居在巴黎，精通法语，借助法语传播力而获得了更多关注。

拉美地区除巴西之外其他国家语言全都是西班牙语系：北边墨西哥，极南端阿根廷，纵贯南北，人口众多，读者众多。

不过，这只是理由之一，巴西毕竟也是人口过亿的大国。

在拉丁美洲文学爆炸时期，魔幻现实主义风行世界，我也买过巴西大作家若热·亚马多的长篇小说《加布里埃拉》，也没有读完。

写这篇文章时，我在书架上找到了它，已经落满了灰尘，类乎出土文物。

有人解释说，在魔幻现实主义大行其道时，巴西仍然是"现实主义"，很难引起人们的瞩目。

现在最有名的巴西作家是柯艾略，其名作《牧羊少年奇幻之旅》在中国文艺青年里也很流行。但我已经过了追逐流行的年纪，那些看起来很过瘾、很有意思、很有启发、很好玩的作品，我都不一定看了。这本也没有看过。

这里要摆一下谱：

一个专业文学人士是不会以阅读来娱乐的。写作和阅读就是他的工作、他的生活。一般的好看、有趣这些理由，打动不了职业文学人士，他们注意的，毋宁说是专业的技术领域。在写作中，是特殊的观察和语言的运用等。很多东西，不容易简单解释。

巴西，还是谈他们的足球、桑巴舞和世界级超模吧，都是赏心悦目的。

在面对拉丁美洲、非洲这样的地理位置时，我的地理知识完全不够用。我只知道，巴西有亚马孙河，是世界流量最大的河流，其流域有最大的热带雨林。我也知道，美国有一个同名的网络购书公司。

奥运会举办之前，在学校聚会时一位老师很兴奋地说，马上就要飞北京了。她参加的一支太极团队会到北京集训，之后直接飞往巴西表演国粹，而且，很可能会受到高级领导人的接见。

我们都恭喜她。她兴奋而又有些担心地说："听说巴西很乱，会不会很危险？"

我说："巴西也有上亿人口，他们的生活也很欢乐，完全不必这么担心。"

读游记

人生就是一场旅行，但谁知道世界上第一个旅行者是谁？

神话不算。

在人类世界，最早的旅行者是十三万年前走出东非大草原的元祖。据人类学基因测定，现存所有人类都可以回推到这个唯一先祖。

其实全世界人类都是亲戚，却打来打去，流血不止。

我们都是第一代智人后代，来自非洲东部大草原。祖先们在冰川纪冒着寒风、沿着冰原向北进入欧洲，与欧洲本土人类尼安德特人狭路相逢，几万年对决之下，尼安德特人灭绝了。关于尼安德特人的灭绝有各种说法，最新的研究猜测，是冰河末期天气转暖，尼安德特人无法有效率地捕捉猎物，而慢慢被淘汰了。

尼安德特人可能是《魔戒》里霍比特人的原型，类似种群在东南亚也存在过，但也灭绝了。

向东，祖先们进入中亚，继续向伊朗、印度、中国、蒙古、西伯利亚扩散。他们不断地行走，穿过冰川、峡谷、高山，几万年来一刻不停，逐渐遍布欧亚大陆，并越过冰川世纪的白令海峡进入北美；有一部分人掉头向南，沿东南亚岛群链向整个太平洋扩散，最远到达澳洲、新西兰，甚至用草船漂过浩瀚太平洋到达南美洲，在那里，他们与从北美南下的旅行者相遇。

智人祖先在冰河世纪艰苦卓绝的环境下，仍然能走遍世界。他们才是真正伟大的旅行者，用两条腿走——那时连轮子都没发明，人类也没有驯养马。

我们的智人祖先手执一根树枝，手握几块石头，就要在那广袤草原、茂密丛莽中生存，要设法在剑齿虎和猛犸象横行的恐怖时代生存。那时候的动物，型号普遍比现在大好多，凶猛很多。你们有没有看过动画片《疯狂原始人》？在那时，一家人要活下来无比艰难。忧心忡忡的父亲非常警惕危险的外界，对好奇心重的女儿很生气，她总想溜出洞穴去看外部世界。

祖先们虽然是伟大的旅行者，但他们不是为了观光，也不是为了提高自己的格调，而是为了生存。他们在超极限的生存之旅中，成为一个个生命力强健的人。

今天即便跑遍五大洲的旅行者，也完全无法跟他们相比。交通工具高度科技化，我们的身体、我们的强健程度和我们的行动能力、我们的野外生存能力，都随之急剧退化了。现在把我们放到野外去，能不能活下去都成问题。连动物园里的猛虎放到野外都无法生存。

在旅游热中，我们更多的是一个被动地坐在大巴上的观光客，是跟着导游喇叭往前挪的旅行团成员，一起吃饭一起住店一起购物，各种建筑各种山川河湖一闪而过，留在了我们的数码相机和手机里。如果不勤快地标明日期地点，你甚至会忘记拍下来的是什么地方。就是一个留影，表示飘过。

九十年代去泰国普吉岛，一个地陪导游念念有词地说：

"上车睡觉，下车尿尿，问去过哪儿，不知道！"

十几年前跟团去欧洲，在法国的地陪导游是个兰州女子，嘴巴极甜言辞极其灿烂，飘出来的都是各种名牌，而"老佛爷"这个词闪闪发光——其实不过是一个中国游客常常"被去"的百货商店。本来觉得女子可爱的，很快就明白，她是在想方设法掏空你钱包里的钱。

也是九十年代跟团去香港，被拉着在弥敦道、港岛等转一圈，接着就被哄进了一个珠宝店，号称是工厂直销，便宜得简直像不要钱。我每次回来都发誓再也不跟团了，我们后来确实不跟团。记得好多年前打算去日本，因为有存款二十万以及其他苛刻的条款，我生气了，就没有去。没有自由行的地方，我都不去。我总觉得没有必要去那么多地方，浮皮潦草地"走遍世界"真的那么重要吗？参加那种匆匆忙忙的跟团快餐游，还不如退而在家里读游记。

我曾写过一篇文章，说我和我的家人其实蛮喜欢香港的。虽然有各种故事，但我们还是喜欢。去香港，不是为购物，而是体验一种文化形态。如果你不排斥它，会觉得那也是一种值得尊重的东西方交融文化。我记得写过：穿着一双新买的旅游鞋，全家在太平山顶上顺着环道走了一圈，空气清新无限不说，走了几十公里路，回到宾馆，发现鞋底还像新的一样。

铜锣湾、尖沙咀等人流集中地不说，香港的离岛，不那么热闹的地方，也值得去看看。东西是货真价实，接人待物是诚恳有道。

看一个地方，还是要看他们的人与人之间的关系。

这也没什么？好吧，我们还是来读游记。

我爱读各种各样的游记。

杰出游记会给你一种身临其境的好感，比你自己去还有意思。

游记古已有之。古希腊大历史学家希罗多德自己就是一名大旅行家，在他的那个公元前五世纪的时代，曾经走遍地中海南北东西的广大地域。他的名著《历史》又叫《希腊波斯战争史》。

强大的波斯帝国军队入侵希腊，而被希腊勇士以少胜多击败。

一百年后，公元前四世纪的亚历山大大帝不仅是伟大的军事家，也是伟大的旅行家，从希腊到埃及、到波斯、到印度，千里行军，路途遥远，艰辛之状难以言传。

比希腊早三千年，两河流域最早的苏美尔文明有一部伟大史诗《吉尔伽美什》，写大英雄吉尔伽美什为求长生之药，与死党恩奇都结伴去寻找化外世界的大冒险。

中国历史悠久，绵绵不绝，可能成书于战国时期的《穆天子传》可以说是最早的游记，包含着大量的地理和文化知识，记载周穆王驾乘八骏巡游天下，到昆仑山会见西王母。

老子骑牛西出函谷关，看起来是最早的中国背包客、第一代驴友——他骑牛出关，可以称为"牛友"，他要是办个旅游网站，可以叫作"青牛网"，或者"牛友网"。

老子出关是个神秘文化事件，各种解释都有。道家传说老子出关，是去天竺点化了释迦牟尼，所谓"化胡"。从道家角度写的长篇章回小说《封神演义》，就把两位佛祖写成接引道人以及燃灯道人。而以佛家角度写的长篇章回小说《西游记》，则把俗世、道家和佛家的不同场景都完整地写了一遍，太上老君还跟观音菩萨说起自己手上的金刚琢："当年过函关，化胡为佛，甚是亏他，早晚最可防身。"

《西游记》写唐僧师徒五人，辛辛苦苦十万八千里徒步去西天取经，遇见各路妖魔鬼怪，是一部小说版"游记"了。可以当作玄幻游记来看，其中很多资料都来自据高僧玄奘大师亲历而作的《大唐西域记》，这部游记完整记载了西去过程及西去途中的各地、各国风土人情。这部巨著不仅是非常重要的游记，也是非常重要的文化地理志。

南宋末，道家高士丘处机不远万里去见成吉思汗，后来他的门人据此写的《长春真人西游记》，也是一部很有意思的历史地理游记。

著名历史学家、经济学家朱偰先生写的《玄奘西游记》，也可以当作游记来读。

如果没有这些历代游记，我们人类的历史必定会乏味得多。

我觉得也可以把《论语》当作游记来读。

你会读到孔子带着自己的门徒在各国游走，边走还边讨论各种问题，在现实中学习，在现实中处理问题。

孔子和门徒大多数时候都是在"穷游"，是真正自己规划路线、自谋生路的旅行者。弟子们怀着敬仰之情，记载了孔夫子在周游列国时的各种经历。有捧他的，也有贬他的。

有了文字之后，伟大旅行家们的踪迹就被我们所知，所读，所敬仰，所追随了。我甚至把屈原的《离骚》也读成了游记。

历史上，不写游记的伟大旅行家数不胜数。成吉思汗是伟大的旅行家，他的子孙、部下如拔都、速不台等军事枭雄，也都是杀人如麻的恐怖大旅行家。明代时，有率领庞大舰队下西洋的三宝太监郑和。据考证，他不仅去了马来西亚、印度尼西亚、斯里兰卡、印度，还渡过惊涛骇浪的印度洋去了东非。那个时候，他有没有可能碰到葡萄牙冒险家达·伽马呢？达·伽马沿着西非南下，又沿着东非北上，一直到达印度，他们很可能偶遇啊。如果他们双方碰上，会发生什么事情？

达·伽马是小船寡民，区区百把人，完全不是装备精良的郑和庞大舰队的对手。如果他们碰上并发生冲突，世界历史可能随之改变。

长篇章回体神魔小说《三宝太监下西洋》，洋洋洒洒一百万字，很可惜写成了魔幻和滥情，对地理、风土缺乏分析和准确的记载。

十八世纪清朝中叶，李汝珍写了一部长篇章回体旅游小说《镜花缘》，人物与故事情节很有意思，但相关的地理、文化等内容却是胡编乱造的，作者对中国以外的世界几乎一无所知。

十八世纪，人类文明已经进入了鼎盛的大航海时代，"日不落帝国"大英帝国依靠着庞大的舰队，已确立全球海上"霸主"地位，在大西洋对岸，美国十三个殖民地已经开始酝酿反抗和独立了。世界上发生这样多的事情，那时的中国人竟然一无所知！

明朝末年，传教士、伟大的旅行家利玛窦神父已经来到了中国传教，还与中国学者徐光启合作翻译《几何原本》。在利玛窦之前，葡萄牙人已经在澳门获得了居住权。这个世界产生了翻天覆地的变化，然而明朝覆没一百年之后，清朝人竟然完全不知道世界上发生了什么事。

清末，被誉为"近代中国走向世界第一人"的大诗人黄遵宪才开始用诗文记载自己的环球旅行经历。黄遵宪写的《日本国志》是几十万字的皇皇巨著，影响了梁启超等清末大学者和大思想家。黄遵宪除了去过日本，还去英国做过参赞，去旧金山做过总领事，在新加坡当了很多年的总领事。黄遵宪不仅是清末杰出的大诗人，还是清末最伟大的驴友，没有之一。

黄遵宪走过的那条海路，是由来自葡萄牙、西班牙、英国、法国等国的西方航海家们探明的。这条海路从东非到中国，唐朝以前可能就知道了，从大食到中国，商旅往来不绝。三国时期，东吴国主孙权就接待过海外来的旅行者。宋代时，泉州是中国最著名的大港，被称为"光明之城"，据说居住了二十多万穆斯林商人及其家属。而最早打通绕道非洲好望角到亚洲东部路线的，是葡萄牙冒险家达·伽马。这条航海路线接通之后，成为欧洲通往亚洲东部地区的一条海路。十九世纪法国人主持开凿苏伊士运河，使其成为亚洲东部到欧洲的便捷必经之路线。

这条路线非常重要：

上海—福州—广州—香港—河内—新加坡—吉隆坡—印度洋—东非—红海—苏伊士运河—地中海，再到意大利、法国、西班牙、英国各地，是一条中国前往欧洲的黄金路线。在一九一七年沙俄修通西伯利亚大铁路之前，所有欧洲与东方的往来都必须、只能经过这条路线。与这条路线有关的游记和文学作品非常多。后来沿着西伯利亚旅行时，大诗人徐志摩、大作家朱自清等，都写过以西伯利亚为题的散文。

一九一九年，清末民初大思想家梁启超出版了自己的游记《欧游心影录》，这是他第一部用白话文写成的游记，写他当时与著名学者一起去参加巴黎和会，做会外游说团，为争取中国获得更大利益而奔走。其中，还用很大篇幅写到英国的威斯敏斯特大教堂，写到英国的议院以及议员们在开会时争执吵闹的景象。

近年，时任英国首相的卡梅伦在议院里与各议员辩论的情形，跟一百年前梁启超写的情形没有太大差别。那时候工党刚有个煤矿矿工出身的议员得以跻身议院，还没有什么大的影响，但梁启超敏锐地看到了英国民主构架的兼容和宽容力，并判断英国今后不会发生大的社会动荡。而现在，工党的影响力已经不可同日而言。

梁启超的老师康有为先生更早写了《欧洲十一国游记》，是文言文的。康先生从日本横渡太平洋去美国，再横渡大西洋到欧洲，路线正好相反。与梁启超相反，康有为看到了欧洲民主政体之后，更加坚定"君主立宪"的观念。

梁启超之后，前往欧洲留学的学者作家络绎不绝。徐志摩的游记《印度洋上的秋思》、巴金的游记《海行杂记》、王统照的游记《欧游散记》等，都非常值得阅读。

旅游，是拓展自我经验、邂逅人生特殊时光的一种方式，但只有记录下来，才能成为最有效的记忆。

从十三世纪去泉州

去泉州的最好时代，大概是十三世纪末。

我要找一个古代夏天的夜晚，从南方朱雀之乡的雷州半岛老家，领着挑书的童子，行进在南方的丛林里。

年轻书生从遥远南方上京赶考，一路上经历老板娘、狐狸精的反复洗礼，半年之后来到京城，已经历尽沧桑而成熟了。

那是古代举子上京赶考的基本路线图，也是我对"慢旅行"的浪漫想象。

自然，古代也有杀人越货孙二娘，也有把人变成驴子的板桥三娘子，还有坏心眼的狐狸精。但是这些都阻挡不了"慢浪漫"。

我行进在前往泉州的铁路上，手里拿着一本《1453：君士坦丁堡之战》。我看见奥斯曼帝国君主穆罕默德二世心机深沉，孤独而狠辣，正谋求一项伟大功业的彻底完成。那时，奥斯曼军队疾驰于草原山坡上，风卷残云般掠过基督徒的村庄。那时，蒸汽机还没有发明，铁路还没有出现；那时，内燃机还没有发明，公路还没有出现。奥斯曼铁骑想渡过博斯普鲁斯海峡还要依靠桨帆船。如果威尼斯人不那么奸猾狡诈，如果热那亚人不跟威尼斯人势不两立，如果欧洲各国不四分五裂，他们先进的大型桨帆船完全可以击溃奥斯曼帝国的小型桨帆船。在君士坦丁堡沦陷之后，以威尼斯舰队为核心的基督世界海军，曾与奥斯曼帝国舰队发生过一次大海战。那次海战，威尼斯舰队炮火凶猛，彻底击溃了奥斯曼帝国海军，地中海东部海面，鲜血染红了整个记忆。

那时候的桨帆船，要捕捉奴隶在船舱底拼命划桨，很多划桨奴隶最终都会死在船上。

蒸汽机还要过两百年才会被发明，第一次工业革命的曙光还被黑暗掩盖着，蒸汽动力的钢铁巨舰要到三百年后才能建造出来。

今天，拥有飞机和高铁，人类在旅行速度上太快了，每个人如同一个包裹，被打包送进旅行舱厢，从一个地点运到另一个地点。高速而密闭的旅程不能发生任何有趣的意外——你没有机会投宿在一家独特客栈风花雪月，也不能在柳荫河畔与迷人女子突然邂逅。

年轻客官与老板娘女儿，也不可能与你发生经典传奇故事。

传奇和戏曲，也没有了故事源头。

高速而密闭的旅行杜绝一切意外发生，也杜绝了浪漫故事。我们今天看到的网络故事都已经被信息化了，人们阅读是为了获得信息，为了有点乐趣，而不是追求一种美学。浅阅读经验从心头一闪而过，难以留下深刻的记忆。

在二十世纪二十年代及之前，人们从中国前往欧洲大多搭乘英法海轮，从上海、福州、广州出发，驶向西贡、新加坡，穿越马六甲海峡，到斯里兰卡名城科伦坡。一般来说，轮船乘客都会在这里作一两天观光与休整，看看佛国的陈迹胜景，游览山顶奇妙湖泊，待轮船补充了燃料食品后，继续驶向茫茫渺渺无人见的风暴印度洋。

在过去，横渡印度洋是一件令人不安的事，风暴总会在你没想到的时候出现。路程遥远，似乎永远不能到达。要一个星期时间才能横渡印度洋到达东非，随后从亚丁湾驶入红海，北上经苏伊士运河进入地中海。

在这单调枯燥的路途中，有人学会了一门外语，有人得到了艳遇，有人留下了深深的遗憾。徐志摩写了《印度洋上的秋思》，巴金躺在船头学世界语，不小心把书掉在了印度洋。

在这条航线上旅行过的清末民初知识分子，大多留下了生动的游记。

清末外交官黄遵宪去伦敦任职时，最早写诗歌咏了沿途风物，包括科伦坡卧佛。一九一八年年末，梁启超与张君劢等人作为民间游说团体的代表，结伴从北京经广州去巴黎参加巴黎和会，搭乘英国邮轮，横过地中海穿越直布罗陀海峡之后直驶伦敦，第二年到巴黎去活动。一路上轮船经停处，他们都上岸游览观光，并与友人交流，进行演说。

在南洋，梁启超还发表奇特演讲，认为南洋有八百万华人，应该学习美国人成立殖民地国家。同行的政治学家张君劢还撰写了一篇长文，论述成立华人国家的必要性、可能性和重要性。返国后，梁启超出版名作《欧游心影录》，影响了其后的一大批青年留学生，在二十世纪二十、三十、四十年代，不断有热血青年前往南洋，志在建立一个或者数个华人国家。二战末期日寇溃败，很多人看到了曙光。可惜后来国共内战，南洋志士失去了后盾，而永远失去了机会。

其后，徐志摩、巴金等人也都写有大量游记，钱锺书更以此创作了一部长篇小说《围城》。

我总觉得，没有写过一部游记，就不算真正去旅游过。

人在旅途，一切皆有可能，不写下来，通常会变成泡影。

但那是"慢旅游"时代，如今不复存在，只能想象了。

如果十三世纪末从印度出发，甚至是从东非远端横渡印度洋，扬帆远航，途经斯里兰卡，穿过马六甲海峡，一路北上，在南中国海乘着东南信风漂荡，最后可以径直驶往自由而光明之城——泉州。

在那个时代，刺桐城① 不仅是东方第一大港，它还是全球第一大港，来自已知世界的所有人，充分地享受了这个免税自由港的各种便利，并为城里丰富的物品和日夜不停的丰富生活所震惊。

在刺桐城以南，历来商贾云集的广州港，因税收太厉害，来自世界各地的海外商人感到难以承受，多紧扯船帆继续北上，不几天时间，就到达完全自由完全免税的美丽新世界。这个世界，又被旅行家赞美为"光明世界"。

---

① 泉州别名刺桐城。相传五代时期，节度使留从效为扩建泉州城郭，曾环城遍植刺桐，这成为泉州一大特征。

在刺桐城这个"光明世界"里，人们非常宽容，见神就拜。当地人说，你拜神，神又不会怪罪于你的。

因此，各种不同的宗教信仰在这里都能生根发芽，形态各异的文化在这里也能不断发展变化。十四世纪初，生活在刺桐古城的外来人口达到二十万之众。很多外国人不再返回故乡，在这里继续生活，融入了古老华夏文明，成为其中一个有机部分。

在泉州丝绸之路博物馆里，可以看到很多阿拉伯文墓碑，从中可以发现，有些阿拉伯人担任了元代的官职，成为有品级有封号的朝廷命官。

现在的泉州还居住着很多阿拉伯人后裔，他们已经在泉州繁衍生息了八百年，甚至更久远。

在泉州有支历史悠久的丁氏家族，是阿拉伯人的后裔，著名的国产运动鞋品牌多为丁氏所创、所造，推广全国。

泉州的宽容和涵养让这座城市成为华夏文明千年来最具海洋气质的城市。

明清以来，实行海禁，闭关锁国，内外交流被切断，文化内部循环而无法有效更新，人们目光渐渐呆滞而不知有外部世界，有外部历史。

明末神魔小说《西游记》写孙悟空漂洋过海之前，众猴摘了各种奇异果子为他壮行。我细读诗句里的歌咏，发现南北东西的水果，香梨椰子荔枝龙眼都有，就是没有苹果。孙悟空留学西牛贺洲从菩提学院毕业，学成归来之后杀掉了混世魔王，到东海龙王的宫殿里去讨趁手的兵器。书中写到东海龙王的一众大臣，文武之将竟然都是鳝鱼、鲌鱼、鳊鱼、鲤鱼等淡水鱼。

我为自己这个发现而震惊。

东海龙王宫中珍宝无算，老龙王显然不是缺钱雇不起金枪鱼、三文鱼、大鲨鱼，原因可能是，生活于十六世纪末的作者对海洋的了解极度贫乏。孙悟空漂洋过海，竟然是搭乘一个竹筏，手持一根杆子，探探水浅，就跳下来。这完全是内陆小湖泊小河流里捕鱼抓虾的渔夫的装备，哪里可以漂洋过海呢？

十六世纪末，世界上已经开始了大航海时代。西班牙殖民者已经占领了美洲广阔的土地，继而起来的英国则击败了西班牙无敌舰队，开创了四百年的海洋霸主基业。

生活于十八世纪的清代李汝珍，在英国人已经开始了第一次工业革命，称霸海洋一百年，且美国十三个殖民地已经独立的海洋世纪，竟然对外部世界一无所知。他撰写的长篇章回小说《镜花缘》，对海外的描写毫无真实可信的细节，唐敖、林之洋和多九公三人号称历遍海外十几国，但是小说里尽是些"罗刹国""君子国"之类的虚飘想象国家，无法提供可信的外部经验。与此同时，英国作家丹尼尔·笛福已经写出了描写人类在纯粹自然中生存经验的长篇小说《鲁滨孙漂流记》。

明清两代，中国人对世界已经缺乏基本的认识，他们的作品谈到海外时，几乎都毫无可靠细节可言，这不能不说是自我封闭带来的信息匮乏。

但在泉州，还是可以看到大量的海外遗迹。

唐代建成的开元寺里有两座著名的塔，塔身上刻有可能演变自印度神话中力大无穷的神猴哈努曼的孙悟空形象。

我在泉州小友北辰、肖铃的带领下去开元寺参观时，一位厦门大学的女博士介绍说，这两座塔过去其实是灯塔，是指引航行的航标。而不远处的天后宫，是海洋之神妈祖的神殿，专门庇护保佑航海之人的。过去的海岸线，比现在要近很多。

中华不是没有海洋经验，而是历史书写者故意忽略了海洋。无论广州还是泉州，都是大港，可惜相关资料都没有得到有效的保护，更缺乏研究与整理。

去年我读了美国汉学大师薛爱华教授的巨著《朱雀：唐代的南方意象》，内心十分激动。我在书中找到了自己的雷州半岛家乡，找到了文化自信，被传统官方正史所抹杀的南方，在《朱雀》里栩栩如生地复活了。

中国是曾有过海洋视野乃至海洋文明的，只要你不用闭塞保守的眼光来遮挡自己。作为海上丝绸之路起点的泉州，古代伟大而光明的刺桐城，是其中最值得研究的地方。

在十三世纪下半叶至十四世纪初达到新鼎盛时期的刺桐港，被西方旅人称为"光明之城"。那部《光明之城》虽然可能是伪书，但是也侧面写出了想象中刺桐城的繁荣。

来自外部海洋世界的外国人，在享受"光明之城"的丰富和便利时，也给"光明之城"带来了海洋的特殊礼物。这些商船不仅带来了遥远世界的神秘信息，还带来了大量令人惊奇的舶来品：宝石、香料以及其他各种奇怪的物品。当他们返航时，带回去的宝贝更多，除了丝绸之外，还有珍贵的茶叶和精美的德化白瓷。

泉州人也开始了反向之旅，去海外探索和开拓自己的人生。

在马可·波罗时代，蒙古族骑兵在亚欧大草原上奔驰，风驰电掣地冲向世界最遥远的角落，把碎裂成无数部族、小国，商旅不通的亚欧大陆，有效地连接在一起。不仅如此，蒙古族人还开辟出极其高效的邮驿系统，对沿途商旅加以赈济和保护，而使得亚欧大陆之间的贸易变得通畅起来。

在此之前，一个威尼斯商人要直接前往中国，几乎是不可能的事情。

从中国出口的丝绸和瓷器等精美物品，要沿着丝绸之路不断地从一个商队转移到另一个商队，从一队骆驼转移到另一队骆驼，从一个沙漠转移到另一个沙漠。其中，会遇到各种可能的危险，历经三四年才可能到达欧洲。其中的不断翻滚、不断增值，让这些中国之物价值连城。

借了蒙古族人的光，威尼斯旅人马可·波罗才可能实现横跨亚欧漫长大陆的梦想。

而如果你不是非要从中亚进入中国的西部边疆，不要冒着遭遇可怕的天气、高山、沙漠以及神出鬼没的各种游牧民族彪悍的袭击的风险，那么转而从波斯湾、从波斯、从印度那里搭乘一艘商船前往中国，是更安全、更便利的方法。比玄奘更早去印度取经的东晋高僧法显，早在公元三九九年就从陆路去天竺，又从海路返回中土，并随船带回了大量的佛教典籍。这次旅行，比玄奘早了两百多年。

这条航线可能早在先秦时代就已经被人知道了。虽然中国的正统历史更多地记载从西域过来的消息，对陆路的状况更加熟悉，而不知道海上的事情，但一些历史记载，还是保留了下来。中国人在很早之前，就掌握了建造复杂大船的知识，但是它们主要航行在江河湖泊上，并在长江以及南方的各湖泊上，进行过无数次的大型水战。

赤壁之战不用说了，后来在三国末年，也是以水上之战一统天下——"王濬楼船下益州，金陵王气黯然收"，其中的大型楼船达到三层楼那么高，能搭载几百人，非常宏伟气派。

三国时期，吴国国主孙权曾接待过来自海外的客人。他也曾派遣过多达一万五千多人的海军驾驶舰艇沿着东海北上，打算袭击辽东地区的公孙瓒。这支庞大的舰队，毁于一阵莫名的海上风暴和奇怪的疾病。

在造船技术上，一千年来中国人都在按照惯性思考，走老路，没能在思想上突破。而第一次工业革命之后，掌握了"水与火"的神秘力量的欧洲人，开始运用这种新力量来突破自然的限制，探索广阔海洋和未知世界。

我即将去泉州了，不是乘飞机，不是坐船，不是骑驴，而是坐高铁。

我希望这次，能以新的角度，进入泉州的夜晚。

风雅颂之梦

你站在高高的楼下，眺望远处的人流汹涌。

在一个夏天汹涌的夜晚，公共汽车终于驶过来了，但你不为所动。这庞然大物驶过你的梦境，从城市林荫道深处，犁出一条深红印痕，在你的记忆中播撒龙种。

这道印痕也是你想象出来的。你不知道在一座城市里，哪一种事物是真实可信的。公共汽车只有喷出的浓烟真实可感，其他事实都可能是虚构。

你的人生存在着真实和虚构的两面性。

法国新小说派大师布托尔在名作《变》里写到的那种巴黎街道，从记忆中慢慢展开，巴黎和上海被折叠在一起。你记忆中，《变》也走样了。二十多年前，你还在大学里念书，什么流行你就读什么，什么时髦你就追什么。你的脑袋像德国哲学家叔本华讽刺的那样，是别人的跑马场。

跑吧，跑吧，这里绿草茵茵，这里空空荡荡。马儿跑得多了，就成了雕塑。

如今，在巴黎各处的奔马雕像，青铜的、大理石的，都曾鲜活地奔跑过。马儿们跑过三千年人类的混乱世界，从开始跑到尽头，时间被停止了，如这辆开往五店市的公共汽车。

事实上，你眼前并没有公共汽车开往五店市。你等待的，是一个神秘的女子，以及一个特殊的夜晚。

不再打哑谜了，你这是在向刚刚辞世的布托尔先生致敬。

知道布托尔的人不多，受到他的作品影响的人更少。布托尔不知道你，但是你知道布托尔。你是一个在世界的尽头等待灯光突然亮起的年轻人。你已经来到了泉州，来到了晋江，来到了五店市，在这趟旅程中，你突然变老了。随之，你也变得特别有耐心。

你在等待她，你知道，她肯定会出现。

这么说，你就要去五店市了，对吗?

你一直没有听明白"五店市"这个词的意思。

你以为是一座城市，后来才知道是一个街区。就像新天地，你以为在革命圣地延安，其实在上海滩黄浦区。

很久以前，一个叫马原的作家跟你说：南方的城市真有意思，大楼不叫大楼，叫广场!

现在，大楼不叫广场，叫中心了。

五店市是一个热闹街区，在晋江市中心。

但你仍然不明白为什么叫五店市。

你要去的地方，是她提起的，她说你一定要去五店市。

你曾经设想过人生的各种可能性。但你没有想到，自己会来到五店市，来到五店市的一个书店，在这个叫作"风雅颂"的书店里，你要住上一晚。

你看看她，她看看你——居高临下的。

大家心照不宣——那是没有经过系统和前台的订房，一种网络时代前的化石方式。这种方式大有好处，你可以不留下任何电子痕迹。不像其他国内宾馆，每一个前台都对你如临大敌，要查验你的身份证，要扫描你的身份证，甚至要扫描你的全身。似乎你不是他们的宾客，而是他们的敌人。

你刚刚看了《谍影重重5》，那个CIA女特工到拉斯维加斯某个宾馆前台，说一下自己的订房号，前台服务人员核对了一下，什么都没查，就对她说："这边请。"

你也去过欧洲，在慕尼黑一个深邃的夜晚，凌晨火车驶入中央火车站，在一个热情的帅哥的帮助下，你到达预订的宾馆。宾馆门虚掩着，前台上留着一张字条：先生，您的房间已经预留了钥匙，在门上。

你上楼，发现钥匙就插在门上。

你进入房间，就如同进入自己的家。

在五店市，你将再一次感受到这种信任。你知道，在这个时代，人与人之间最宝贵的关系是信任。

你曾经有过一个愿望：在图书馆里工作。每天都有机会跟书籍在一起——工作时看看书，发呆时看看书，写作时看看书，看女孩子时看看书。书就在你周围，在靠着墙壁的、分割着图书馆各个大小房间的书架上。人生有限，就算你从来都不约会，从来不发呆，一天二十四个小时都在看书，仍然看不了多少本书。你很少谈到自己读过多少书。书是读不完的，你连图书馆百分之一本图书都没有读到。一座藏书三百万的中型图书馆，百分之一是三万本，一个人一生很难读到一万本——每天一本，都要三十年啊。

风雅颂书局，像一朵蘑菇开在五店市中心。你就要去风雅颂书局后院二楼那个特殊的房间，度过一个特别的夜晚了。

你听她说起，这是房间的初夜，是你的处女睡。

你走过了上百座城市，你睡过上百家宾馆。上百座城市，都是一模一样的表情，上百家宾馆，都是一模一样的摆设。在你来过之前，无数人来过了，在你发出感慨之前，无数人发出过感慨了，你在订房网上点评之前，无数人点评过了。

你从来都随在别人背后，从来没有过第一次。

你的第一次，消失在琐碎世界中。

那天你在谈阅读，谈写作。她就等在门口，微笑。这个晋江女子，高挑、婉约，热情隐藏在身体里。在记忆深处，你发现她越来越清晰，如同夜晚的石雕。

然而你要说的核心不是她，她也知道不是你。

你的故事中，晋江女子另有其人。那个女子隐在五店市的红砖建筑之后，她的微笑也在廊柱里隐约着。你为什么回来五店市？你是来这里消灭自己的痕迹吗？

这件事情真的很有趣了。

穿过风雅颂书局前厅，在两排书架的目送下，你会看到一扇门。如果得到允许，打开这扇门，就来到一个小小的庭院。庭院如同一个天井，风能吹到她，雨可以从空中飘洒。晋江的曼妙女子，会在后院边门走过。她之前也走过很多次，但不是为了你。这次，却真的是为了你的第一次而出现。

你喜欢庭院旁边有一个楼梯，于是这里有了。

一座砖头砌成的楼梯。

你喜欢楼梯上有一个阳台，于是这里就有了。

一座砖头砌成的阳台。

你在任何宾馆，都找不到这样宽阔、敞亮、婉约的阳台。你喜欢阳台尽头，有一个茶几，于是也有了。茶几上有茶壶，有茶杯，旁边有炉子，有木炭。这是真实的木炭，这是真实的炉子。这一切，如同梦中的针线，开始缝缝补补，就出现了实体。

你和她，还有其他几位朋友，在茶几周围高低参差坐下，这一切看着都是好的。连从窗台外面探进来的几竿竹子，也恰到好处。

一座城市要能被人传颂，就必须有故事，晋江也一样。你和她——晋江女子——已经准备好了足够的故事，故事的材料堆叠在夜晚里。

你知道今晚有故事，而且有一天你会写出来，用的就是第二人称。唯有用第二人称，才能自然而然地写出来。

写作，就是找到最合适的角度和最合适的语气，说出最合适的故事。你的故事，因为关涉重大，你不能不隐藏在第二人称里。

在叙事学角度，第二人称是一个模糊面孔，不能给性急读者一个明确的暗示。"你"不是一个命名，没有描述，没有细节，例如，明眸善睐，眉毛青黛，皮肤白皙，鼻若悬胆。那些描述，都被第二人称抹平了，如同灰泥抹平墙壁。但五店市这些红砖建筑，并没有用灰泥抹平墙缝，它们是第三人称的建筑，每一幢都有细节，都有历史，都有婉约，都有故事。

六十年前，在巴黎，六十年代的新小说派大师布托尔，已经提前为你准备好了第二人称。

不能不说，这些红砖赤瓦，是泉州的特殊土壤造成的。

风雅颂书局旁边那几座名宅墙上，用特殊工艺拼成的砖雕艺术，就快要失传了。用当地的红砖切块，切割，打磨，拼起来，成为特殊的墙壁装饰，这种艺术耗费人工，时间漫长，而收入不能支撑生活。好的艺术都是时间的艺术。只有快餐和通俗，才要多快好省。

五店市不是这样的。据说投入了十二亿，一点点复原。做着重复的事情，把被毁坏的修复，把要搬移的搬过来。艺术也是这样，需要时间，需要重复。

你抚摸过这如同处子皮肤的红砖，那细腻滑润，只有晋江女子的细腻，才能体现出来。好吧，这个女子暂时还在故事的后面。

张爱玲说过，了解一个女人的最好方式，是通过她的阴道。

婉约派方式，不该都说明白。

但貌似婉约的张爱玲，内心狂野。在二十世纪四十年代，张爱玲跟胡兰成在一起，你能想得到有多么惊世骇俗吗？张爱玲是成名要早派，胡兰成是国粹投降派，做过汪伪政府宣传部高官——这二位，是天才与少女的超级组合。两人都才高而乏善，事大而骇俗，加在一起，是四倍的孤标傲世偕谁隐。即便张爱玲有才如此，倾情如此，胡兰成还是到处留情，而且到处无情。

胡兰成在《今生今世》里用尽了好词讨好张爱玲。这时他已遁离中国大陆，客居日本。张爱玲惊险地来到了香港，也是飘蓬身世，苦甘难言。

她没有再回复胡兰成任何一个字。

你一直欣赏不了张爱玲，也欣赏不了她的小说。但张爱玲的散文很独特，用词设句都惊人。张爱玲擅长调用差异性大的词语进行组合，而产生语言之魅，造成惊骇效果。

了解一座城市的最好方式，是睡在她身边。

人们的大多数夜晚，都是毫无意义的。没有一件事情，没有一粒尘埃，值得事后回忆的。

但你在风雅颂的第一个夜晚不算。你听过一个女子私语：结过两次婚，但没有过爱情。

你非常注意细节，你说过：写作中，每一个细节都是有意义的。

你很想跟她说，你的人生有这样一个夜晚就够了。

设想一下，有这样一个地方，它的地面红砖铺就，它的墙壁红砖拼成，它的房间弥漫着特殊熏香，混合了五种香料。八个世纪前的刺桐城进入人们记忆深处。在泉州，那些面相奇特、气质高雅的女子，都是混血后代吗？她们的祖先在八百年里生生不息，终于有一天，基因聚会来到了某个夜晚，你面前的这个女子宛然成形。

你谈到了夜晚，太好了！夜晚是艺术和哲学的世界。

尼采，德国天才哲学家，散文比哲学更加丰富。

尼采在《悲剧的诞生》里说，白天是日神阿波罗的世界，关键词是：秩序、严谨、威仪、逻辑；夜晚是酒神狄奥尼索斯的世界，关键词是：活泼、生动、创造、艺术。

这两个世界截然相反：酒神的世界，是生命力喷薄的时刻，是创造力萌生的时刻。酒神的信徒们，在夜晚享受夜晚，在酒中享受酒。只有在夜晚，得到酒神狄奥尼索斯的庇护和鼓励，生命力才能发芽。

穿过夜晚的街道，你来到了生命源泉的边缘。

你喜欢徒步穿行于城市街道中。街道要小，要长，要曲里拐弯，最好是那种安静的、波澜不惊的街道，建筑要有些历史，人要大度，表情要活泛，你一路走过去，偶尔微笑，彼此似乎一切了然。

这种街道，在中国的城市里非常少。

上海有这种街道，但人的表情太死板。

晋江女子，表情却恰到好处。

每次想起她，你都觉得，人世间真有这种微笑，能够穿越时间灰烬，而记忆赫然。

你有些惊讶于风雅颂书局后院二楼的房间。你觉得这不应该给人住，而应空着，存着，不该给俗人靠近。这墙上的木板，这屋顶的房梁，这四壁的格调——由女主人精心挑选的各种器具渲染而成。她专门从德国带回一个台灯，整座台灯没有一颗螺丝，是现代制造业的巅峰之作。为了找到一个好床褥，她专门驱车九小时从泉州去深圳，到宜家那里运回一车床垫床褥和洗护用品。宜家睡眠研究中心对睡眠研究非常深入，你一直用他们的慢回弹床垫。但风雅颂书局女主人说，她经过反复研究，觉得宜家的床垫太软了，他们的洗护品不够品格，于是又做了改革。

你是细节控，细节决定品格，你对细节有病态的要求。例如：卫生间必须干净，干净，干净，非常干净，还要没有异味。这不是你的特殊要求，而是和你一起来的女子，她的独特趣味。

成败在于细节。国内的宾馆，大部分败于细节。

你曾在莫干山昂贵的民宿里住过，之后你不得不跟店家说：细节！细节！细节！

风雅颂书局的房间，细节考究到了你不忍心真的去考究的地步。

为了你的入住，她们真的把每一个细节都考虑到了，包括事先请专业人士对房屋周边进行灭蚊，对房间各种设施加以消毒。每一件床品，每一条毛巾，都散发着清新的、第一次的香味。

然而，这一切细节，都不重要了。

回到细节，你会说，在五店市的夜晚，风雅颂书局房间里的细节其实不重要了。

你连五店市的双引号，都去掉了。

这就如同去掉身体上的两块赘肉。

泉州是一座历史悠久的文化名城，晋江是经济实力排名第一的县级市。他们精心维护、复原的五店市，是中国城市中少有的传统建筑精粹。这里每一座建筑，都有故事，都可以讲故事。你带着自己的女子，跟她从福建讲到泉州，讲到海上丝绸之路，讲到古代刺桐名城；从刺桐讲到晋江，又从晋江讲到五店市，从五店市讲到风雅颂，这才有了这个房间。在这个房间里，你根本不是在睡觉，而是在进行沉思表演。

一个拥有五重格调的房间，你怎么说都有理，哪怕是用第二人称写成的软广告。

最重要的是，你无法真的来到这里，睡她。

风雅颂书局的女主人说，要预订这个房间，你必须提供详细的个人资料，包括近照、教育程度、趣味爱好，还要在网上答题。她们会对申请来住的人进行面试，要求非常严格。

比如说，你一定要有趣，也一定要有钱。

但如果她们觉得你非常合适，会突然免除你的费用，让你拥有一个特殊的，今后可以反复回忆的夜晚。

滋味

　　世界之大，水土风俗各异，自然会出产最适合当地的食料。一个人如果拘泥于少时的滋味而排斥异类，会丧失很多精妙的新感受和新经验，也很难真正敞开自己，和世界不同文化接触、交流。

我所爱的发大水

我从小是热爱发大水的。

说起来怪，小时候在雷州半岛老家，我不觉得发大水是坏事，反觉得发大水的日子是小伙伴们的一个欢快节日。

坡脊镇老家位于向下倾斜的一个黄泥小山坡上，坡下是两米的陡壁，其下流淌着一条潺又不潺的小溪——常常大水，又常枯竭。

隔着这条不成样子的"护城河"，越过田埂，是一溜水田，由小而大，一块一块地拼接着向外，总共七块，延伸到远处小河边，成了一块大田。

这是一条无名小河，说小也不太小，在稻田和村子周边围绕延伸，两旁有各种竹子和其他树木，不同水湾呈现不同姿彩。

随兴之所至，我有时叫它黄泥河，有时叫它芦苇河，有时叫它流沙河，有时叫它蛙鸣河。

我家乡气候多变，一天之间，艳阳高照雷雨交加兼而有之。

蛙鸣河是九州江支流，水浅时，清泉潺潺，温婉涓细。这时的水，有天空的澄澈，适合下河戏水，捉鱼摸虾。

天气突变时，一阵豪雨瓢泼，上游就会来水，浊流汹涌，山墙一样高耸的大浪拍打着，轰鸣而至。小河下游因为鹤地水库大坝的阻挡变窄了，去水速度不如来水速度，于是水越来越大，浪越来越高。我家门前七块低高参差水田，被一层跟着一层地淹没，浊浪滚滚，扑向番石榴树下的陡壁，让我们小猴孩子心的潮水也澎湃起来了。

这么截然不同的景象，不难催生诗情画意。

随大水而至的，是水面上漂浮着的各种神奇之物。

我们攀爬在番石榴树上，张大嘴巴，荡着身体，眺望远处孤堡般孑立在水中的大石桥。青年农民聚集在桥上，开始了自己的沉浮营生：身上系着粗绳，不断地跃入洪流中，玩命打捞着从上游冲下来的各种物件。枯枝朽木，晒干后是生火的好材料；西瓜萝卜在波涛中沉浮，不怕水淹也没有污染；鸡鸭偶尔会出现，一两只游泳的猪，是上天赐予的礼物。

我们于是盼望着上游再冲下来一头牛。

如果是一头牛就好啦，全村都会得到莫大的恩惠。你的脑子里瞬间就会炊烟袅袅，柴火烧烧，牛一号大锅上浓汤滚滚，周围孩子真是胡熙熙乱攘攘，香气如针线般穿透了周边十几个村落的每一个人的每一颗心。

上天不仅给我们送来淹没稻田的雨水，还带来了意外的美好礼物。

这时，蛙鸣河就变成了老虎河了。

那时母亲总吓唬我们小孩子说：河里有老虎啊，会把小孩子拖下去吃掉的啊。

我们都嘲笑母亲的幼稚，水里怎么可能有老虎呢？这不符逻辑不符常识。水里如果有吃人妖怪，只可能是水鬼。而水鬼，没人知道长什么样子。我们对未知的事物总是充满了敬畏，因此很自然地对水鬼感到害怕。

我父亲说，水鬼，是一种水猴子。

父亲当过兵，打过仗，学过文化，知晓天文地理，不信神，不怕鬼。他说，水鬼不是鬼，它在水里有千斤力气，可以轻松拖下一头大水牛。上了岸它就手无缚鸡之力，只能使出幻术迷惑行人，让你在黄泥小道上走着走着，忽然眼前出现一条金光大道，两旁美不胜收，远处灯火辉煌。你懵头懵脑，一直往前走，就会掉进水塘里，被水鬼拖下去。

我们睁大眼睛："接着呢？"

"明朝讲，睡觉了，睡觉了……"父亲长吸一口水烟筒，悠悠地说。

故事没有接着讲，因夜色渐浓，不得不结束了。

我父亲善于把抽象的东西用具体的物象讲出来。

水鬼故事，大概是大人用来吓唬顽皮小孩的。

小孩子天性爱玩水，爱玩泥巴。

在我家乡，每年都有小孩玩水时淹死。

水把这个世界分成了两个部分：水世界和土世界。

我们攀爬在番石榴树上，也学会了把这个世界分成两部分：树界和地界。

水和树，是小孩子的密友。我们可以在水里，获得轻飘飘的愉悦；我们也能在树上，感到超越凡俗的快乐。

在地面上行走的大人，体会不到这种美妙的感受。

大人，也把这个世界分成两个部分：白与黑，好与坏，光明与黑暗，热爱与仇恨，朋友和敌人。他们还会唱歌，歌曰："朋友来了有好酒，敌人来了有猎枪。"

他们的世界不能被小孩子所理解，所以，大人们只能施加暴力，硬逼着我们从水里爬上来，从树上爬下来，把我们送进学校里，教我们学会把世界分成两半的知识。

我上小学那年，从春天开始天气就反常。到了夏天，几乎每天都会发洪水，一年的收成全都泡汤了。秋天，干旱弥漫大地，枯黄的庄稼上，蒸腾着袅娜的水汽，晴空万里，似乎正在吐露着一个可怕的秘密。

结束了自由自在的树上生活，我跟在父亲后面，跳过坡脊站的十条铁轨，沿着一条布满了雨水冲刷出的纵横沟壑的上坡黄泥路，向暂时看不见的龙平小学走去。

我们家住在坡脊镇这边，一条不到三百米长的黄泥街两旁，分布着十几个铺面，卖日杂用品、麻绳、锅碗瓢盆。逢到一、四、七赶集日，方圆几十里地的人都来赶集，就会出现一些面目可疑的外地人，或操练"气功"，以食指穿砖头，兜售金枪药；或菜刀砍胸，售卖大力丸。

坡脊车站是一个中途站，快车不停，只有慢车和货车偶尔慢下来，吞吐着那么几个熟悉的面孔，然后懒洋洋地朝前驶去。车站对面的平台，堆满了从十几公里外的山祖嶂用人力板车运来的石头。

在我家的番石榴树上，在我家的瓦屋顶上，甚至在我家门口的龙眼树上，都能眺望到云雾缭绕的山祖嶂。

父亲说，山祖嶂下是一个海眼。它就像一个塞子，把海眼塞住了，海水才不会涌出来。哪天山祖嶂被人搬掉了，海水就会跑出来，淹没坡脊镇，淹没河唇公社，淹没廉江县，甚至会把湛江市夷为平地。整个世界，都会变成汪洋大海。

"北京呢?"我们着急了。

"北京啊，北京啊，也会淹没……"我父亲吸了一口水烟，慢慢吞下去，略作停顿，我们都等得有些心急了，才让烟从鼻孔里袅袅出来，平添了让人迫不及待的气氛。平时，他都会像火车头一样，从鼻孔里喷出两道生猛的白烟，会边说话，边吐烟，好像呼风唤雨的神仙。

一想到北京也不能幸免于泡汤，对自己的坡脊小镇，我们就再也顾不上难过了。

黄泥路两旁，坐落着一些房子。最大的是粮站，旁边是畜牧站，顺路而下，有一个养猪场，一排低矮的平房，围拢着三棵高大的榕树。然后，我们就得下到山坳，迎面而来漫山遍野的甘蔗林。看不见的溪水从逶迤而上的甘蔗林里流出，贴着草根潺潺而下，在我们的脚底下，形成一个世界上最小的瀑布，冲到下面的黄泥水坑里，神秘地消失了。我被这水声吸引，同时被父亲走远的身影拖拽着，人生分裂成两个部分。

那年那月，世界上发生了好多重大的事件，在我的家乡，微弱的水流，仍然如此平静。小蝌蚪随遇而安，在水草中游动。如果不是发大水，我们真的很无聊啊，我记忆中的大水，一直喷涌，淹没了我的记忆，让我的童年，漂浮在五颜六色的光亮中。

我所热爱的蒸汽火车

从少年时代开始，我就热爱蒸汽火车。

不知道什么时候起，铁路上飞奔的蒸汽火车不见了，代以轰轰作声的内燃机车，又代以默不作声的电力机车。

强大的电机组安装在高速列车上，列车几乎是不动声色地在地面上如子弹般飞驰。

那种安静的强大，强大的速度，让人畏惧。

我爱蒸汽火车，觉得在铁轨上飞驰，缺乏一个高高的烟囱，缺乏"呼哧呼哧"作响的蒸汽，还有，缺乏火车司机启动前拉响的悠扬而长的汽笛，都不能再称之为火车。

我还喜欢在蒸汽火车启动时，火车司机的专业仪式。伴随着蒸汽火车而产生的铁路、铁路系统，在电脑网络管理出现之前，几百年来形成了一整套人力的自检体系。这种自检，只有铁路人才能心领神会，才知道，站台上举旗、挥动，到底是什么意思。

成为一名火车司机，要从小烧起步。

小烧，也要在铁路系统的职业学校里，经过专业训练。

我的丈人是老铁路人。他说，读中专学小烧，首先要学站稳、摆腰，因为火车在行驶中是会晃动的，也可能会启动过快、刹车过急，如果小烧站不稳，可能一铲燃煤直接甩到司机脑袋上。然后学挥铁铲，前多少，后多少，一分钟摆动多少，全都有专业训练。这样，你才能在漫长的行驶过程中，保证匀速挥动铁铲，匀速添煤。然后，又要学会以扇面状撒煤，恰到好处地洒下燃煤，不多不少，不厚不薄，才能够让煤燃烧更充分，火力更猛，蒸汽更有力量，推动机车的力量也更大。一个优秀的小烧，一次长途行驶可以为公家节省一吨多煤。

这就是人力时代的工作美学，是那种令人着迷的工作韵律。

劳累是自然的，但是，有美学。

蒸汽机车的推动力，要根据火车行驶的具体现状而不断地调整，此时要依靠火车司机长期驾驶时锻炼成的敏锐判断力。下坡，小烧可以趁机歇息一下，或者跟副司机交换一下位置——终于，终于可以坐在与火车司机相对的另一面车窗边，爽快地看外面的风景了，同时学习如何帮助司机观察沿途的路况，提出自己的判断。

在上坡时，需要足够的动力，加大进煤，充分燃烧。

这时，如果小烧太嫩，也需要副司机亲自出马，带着炫耀和示范，来亲自挥铲添煤。

充足的火力，猛烈的蒸汽，悠长而强大的汽笛，配合着铁轮碾压一切的凶猛气势，蒸汽火车拖动一长串的车厢，轰隆隆驶过记忆中，如同美丽的梦境被轰然撞开。

那么多蒸汽火车曾经如同巨蟒一样，奔行在广阔的大地上，连通欧亚，无远弗届。蒸汽火车改变了人类的历史，更快速的物质交流和更便利的个人旅行，都成为一种现实。

这是火与水的魔力。

欧洲科学家和工程师在漫长的研究中，终于学会运用这种隐藏在自然伟力中的能量——蒸汽，而因此，彻底改变了人类文明的进程，改变了旅行，改变了思维，改变了文化，也改变了地球原有的样貌。

有了铁路，我们的思维就被铁路囚禁了，我们的想象只能沿着铁路蔓延了。铁路之外，是未知的无尽世界，但我们都无法触及。

铁路思维经历了一百五十年，直到内燃机发明，出现了汽车和飞机。人类需要更加强大的理性，需要更加严密的组织，这样的需求，也更加猛烈地锻造了我们的线性思维。

美好的事物是囚禁我们的牢笼。

飞机把我们囚禁于蓝天之上，汽车把我们禁锢在高速公路里，高速铁路再一次回归，让我们无法摆脱两条铁轨的缠绕。

著名诗人徐志摩对铁路痴迷不已，写了一首两句一行、诗行如同铁轨无限延伸的诗《火车擒住轨》：

火车擒住轨，在黑夜里奔：
过山，过水，过陈死人的坟：

过桥，听钢骨牛喘似的叫，
过荒野，过门户破烂的庙；

过池塘，群蛙在黑水里打鼓，
过噤口的村庄，不见一粒火；

过冰清的小站，上下没有客，
月台袒露着肚子，像是罪恶。

这时车的呻吟惊醒了天上
三两个星，躲在云缝里张望；

那是干什么的，他们在疑问，
大凉夜不歇着，直闹又是哼，

长虫似的一条，呼吸是火焰，
一死儿往暗里闯，不顾危险，

就凭那精窄的两道，算是轨，
驮着这份重，梦一般的累坠。

累坠！那些奇异的善良的人，
放平了心安睡，把他们不论

俊的村的命全盘交给了它，
不论爬的是高山还是低洼，

不问深林里有怪鸟在诅咒，
天象的辉煌全对着毁灭走；

只图眼前过得，裂大嘴打呼，
明儿车一到，抢了皮包走路！

这态度也不错！愁没有个底；
你我在天空，那天也不休息，

睁大了眼，什么事都看分明，
但自己又何尝能支使运命？

说什么光明，智慧永恒的美，
彼此同是在一条线上受罪，

就差你我的寿数比他们强，
这玩艺反正是一片湖涂账。

　　这首诗并不是特别好，但是徐志摩创造性地模仿了铁轨，两行
两行地排列，在形式上，设计出一种诗歌的轨道。

火车飞驰，人生被打包在如一粒药丸般的空间里从此到彼。

在俄罗斯修建的西伯利亚大铁路通车之后，徐志摩最早尝鲜，从北京经哈尔滨去俄罗斯，经西伯利亚大铁路到莫斯科、华沙、柏林终到巴黎。这一路，是开阔眼界、沉思现实的过程。他写了《西伯利亚》一文，最早对俄罗斯那些沉默的人和苍白、灰暗的面孔，进行了深刻的反思。后来的事实证明，一个敏感的诗人的眼睛比什么理论家都敏锐，他从人们的僵硬表情中，看到了真相。同样经过西伯利亚去欧洲的朱自清也写过西伯利亚，但他缺乏一双真正看破表象的眼睛，被西伯利亚的广袤和贝加尔湖的宽阔欺骗了。

火车的速度，改变了我们对距离的原有认识。

现在，速度越来越快，我们开始习惯用时间来表达距离的远近：是多少小时车程，而不是多少公里。高铁通到全国各地，我们再也不用想有多远了，我们只需要知道运行时间多少小时。

我小时候生活在铁路旁，每天都有火车从遥远天际那边，无中生有地忽然突出来，庞然身躯，漫长队列，从我的记忆中奔驰而去。但蒸汽机车的浓烟，永久地飘荡在我的记忆中，成为我生长的养料，变成我生命中的一部分。

火车驶来之前，铁轨空空荡荡，铁轨上空空空荡荡。

我们趴下来，耳朵贴在丝般润滑的钢轨上，敬畏地听到，有神秘声音，从语言描述不到的幽暗边界，水一般脉动，传入耳朵。如触电一般，我们会跳起来，手舞足蹈，嘴里大声喊叫：

"火车来了！火车来了！"

大家奔走相告，分享一个人人都知道的秘密。

那时火车速度还不快，比声波慢多了。

我们听到了铁轨传来的声音，兴奋地奔跑。但火车还在连绵起伏的丘陵深处，宛如还没有从产道出来的婴儿，无声无息，正等待嗷嗷面世的那一刻。

我们坐在山坡上，耐心地等待，可以等待很久。

我们的牛却没这种耐心，吃着吃着，就远了，还趁我们不注意，偷舔几口水稻嫩苗。

就在你即将失去耐心的那一刻，火车突然出现。好像阿拉丁神灯里的神魔，完全是令人措手不及地，突如其来，呼啸而去。

偶尔有直快列车从北方驶向最南端的湛江，中途经过我们村旁小站，一刻不停地继续飞奔。车里，窗玻璃内，那些旅客的脸，扑扑簌簌的面孔叠加出现，冷漠或者好奇。跟我们还来不及对视，来不及交流，这些脸们，以及这些脸背后永远不可能知道的秘密，就被列车带走了。

记忆中，有一些移动的事物，在不断地消失。

蒸汽机车就这样，成为了历史。

但我的记忆中，一直有蒸汽机车在无声地驶过。

我捅过的马蜂窝

我也应该谈谈南海边的老家啦。

我老家不仅有各种美妙的热带水果，还有北部湾的各种神秘美食。沙虫是难以名状的好味道，放几根沙虫干在排骨汤里，鲜美味道在唇舌间跳跃。我还要说，南海生蚝，你们还好吗？在美食天堂广州，湛江生蚝也是美食中的海之妖情。

往大里说，雷州半岛可谓依山傍海。

山是小山，最高的双峰嶂海拔不到四百米，但也颇可一览众山小。海是碧海，兼有银沙，无穷蓝天，延伸到南方天尽头。对海的敬畏，是无穷无尽，起伏无停。

最远处是哪里？我真不知道。

雷州半岛向西，渡过北部湾可到越南。向南，再向南，就是"爪哇国"了。在我父亲的语言里，"爪哇"是世界尽头与冷酷仙境。在七十年代末，我八叔就曾神秘地来往于海南周边，贩卖过椰子和汽车。后来，他完全失去了踪影，无声无息。父亲谈起他，叹息一声，把水烟筒吸得"叭叭叭"响，说："烂契弟，到爪哇国了！"

"烂契弟"是他的特殊用语，"爪哇国"带浓重隐喻：我八叔从人间消失了。

我从来没有深入过南海，只是曾坐在湛江的海边，望着不断扑近的海浪，远眺无穷无尽的地平线，觉得一个人真的很渺小。

太遥远的地方，想得脑袋疼，不好玩，不如想些近点的事情。

雷州半岛我写过很多事情，有些人与事，值得反复地写。有趣的事情、无聊的事情，都可以写成有趣的事情：倒挂在树上啦，捉鱼摸虾啦，看守甘蔗林啦，刮风下雨发大水啦，龙卷风过后，天上噼里啪啦掉下来好多美人鱼啦。

基本都是好事。

坏事也有，但我记不得了。

我没有写出来的更多。如春天打雷后，雷公掉到地里，被我们挖出来煮了吃啦。这很神奇，说了你们也不信。这可不是我胡诌的，拽点文言给你们看看。

唐代李肇写的《国史补》下篇载：

> 或曰雷州春夏多雷，无日无之。雷公秋冬则伏地中，
> 人取而食之，其状类彘。又云与黄鱼同食者，人皆震死。
> 亦有收得雷斧、雷墨者，以为禁药。

我之前不写出来，主要是有点自卑，觉得家乡人民吃雷公，不

是很光荣，也没有人会相信。更怕你们误解了，以为我们雷州半岛人凶残到竟然吃雷公，那么可怕的东西都吃，还有什么不敢吃呢？

后来读了美国汉学大家、加州大学伯克利分校薛爱华教授的名著《朱雀：唐代的南方意象》，发现他把我的家乡写得津津有味，完全是高大上、光明全。他引用了唐代李肇这段记载，认为这个传说实在太优美了。雷公那么可怕，我们雷州人却以吃掉的方式，把它们给戏谑化、卡通化了。

唐代交通艰难险阻，李肇远在几千里之外，只能是道听途说。他说雷公像猪，这个很不美好，有污名化倾向。我们老家人说雷公大概是一种鸟类，或鸟形生物，类似鸟人。这种鸟雷公长相是很滑稽的，并不像你们想的那么威严，那么恐怖。雷公打雷之后，筋疲力尽，扑簌簌掉下来，落在雷州半岛黄泥地上，知道我们要吃它，惊慌失措，赶紧钻进泥里去，动作像穿山甲那么敏捷，也像啄地而行的隐鼠那么诡秘。

在老家，雷公每年春天都会从天上掉下来。没完没了的雷公，一落下来就钻到黄泥地下。这个时候，我们早已经做好了准备，拿好木铲木勺木盆，一看见雷公钻进地里就挖，挖了就拿回家，烧水褪毛红烧，味道极其鲜美。

禁用铁器。雷公一碰到铁器，就消失无踪了。

不是雷公，难道那是一种鸟类吗？难道是雷鸟？

你们大概都是《西游记》看多了。

不如，我给你们讲讲我捅过的马蜂窝。

每个人在人生的某个阶段，都会捅捅马蜂窝。有些是象征性的捅，例如你们调皮捣蛋犯了错；有些是真的捅，例如我从小就是捅马蜂窝的。

如老家的乡民，我爱吃蜂蛹。

蜂蛹是我们的土语，你们可以说是蜜蜂的幼虫。

幼虫长在蜂巢里，软软的、白白的、嫩嫩的，很可爱。我们用一种长竹竿，绑着稻草棒，烧着烟，伸到荆棘丛中，以浓烟熏跑蜜蜂，然后，派大姐冒死慢慢地挪过去，摘下蜜蜂的蜂巢。

小蜂巢如同一枚被切掉一半的松果，大蜂巢如同一朵倒挂的向日葵。向日葵的囊里，藏着一粒粒的葵花籽；蜂巢的囊里，住着一条条蜜蜂的幼虫。

生吃幼虫，是生猛的超级体验。

整个蜂巢放到火堆里略加烧烤，会更加香甜，更合符道德。

大概是读初中一年级那年六月底，雷州半岛荔枝的季节已经差不多过去了。

但是，竟有一颗巨大的荔枝，那么峭拔地挺立在一棵荔枝树的树梢上，如同一个灯塔，如同"自由荔枝"，在我记忆深处发光，让我牢牢地记住了那个时刻。

因为那颗荔枝，我遭到马蜂的痛击，从此落下了恐蜂症。

那时周六还要上半天课，下午才放学。然后，我会骑自行车从河唇镇回坡脊的家，路程十二公里。从镇上一条柏油路冲下去，到鹤地水库管理局门口的三岔路就必须下车，推车上坡，三个连续不断的黄泥土坡之后，才到水库大坝上面。这时，再次跳上自行车，向鹤地水库地标青年亭进发。经过青年亭，有时会喝一瓶桔子水，有时直接到水库里去喝水。然后，沿着危乎高哉的大坝，在黄泥道上继续骑行七八里才能下坡，穿过几条曲里拐弯的小路，穿过两个村庄，回到贫瘠而美好的坡脊镇。

河唇镇过去叫河唇公社，地方虽小，七脏俱全。比五脏多出两脏：一是河唇车务段，处级单位；二是鹤地水库管理局，也是处级单位。而我们河唇公社，最大官公社书记，不过科级。他的手下全都是股级，屁股的股，长官叫作股长。

我最喜欢去鹤地水库管理局，当时管理也没有多严，闲人亦可随便进出。草木茂盛，曲径通幽，水面宽阔，波光粼粼，总之很好。

我和张红六在河岸，看到水面都兴奋到血液沸腾。我们把自行车一倒，就开始脱衣服，脱得精光，衣服团起来塞进透明的塑料袋里，扎紧口子，形成空气袋。我们抱着空气袋，跃入水中，向远处的荔枝树游过去。

我游得飞快，连滚带爬上岸，直扑那棵荔枝树。

背后，张红六一边狂奔追我，一边大喊："马蜂！马蜂！"

我快要笑死了："有马蜂，你还死命追？"

那个时候十二三岁，我们都深受猴子影响，像猴子那么身手敏捷，仿佛是返祖。我们一跃而起，翻身上树，动作都是一气呵成的。

　　我无视张红六的恐吓，手脚并用，蹿到最高处，双脚叉开，各自站定一根树枝。我们从小爬树，对不同树种树枝的不同韧性，都了如指掌。我一把抓住那顶着红彤彤荔枝的枝条，连叶拽下来，另一只手探出去，抓住那颗红透了的荔枝。突然，我脑袋一阵麻痒，迅即变为酸痛，两眼一黑，双手一松，从树上掉下来。

　　托赖上苍佑护，荔枝树下，正好是一个隆起的草坡，未经修剪的草浓密生长，成了柔软垫子，我巧之又巧地落下，借力卸力，不仅没摔断骨头，反而毫发无伤，连皮肤擦伤都没有。

　　落到地上，脑袋还在嗡嗡作响时，另一只马蜂跟踪追击，在左肩上又叮了一口。左肩立即有了沉甸甸分量，像被压进一块大石头。

　　我们从小就知道马蜂的可怕。马蜂的毒刺很犀利，毒性很强，被蜇了的人，轻则"肿么"了，重则"晕菜"了。马蜂还不像蜜蜂，叮了人，自己也不死。

　　我晕晕乎乎爬起来，没看清楚方向就落荒而逃，狂奔至水边，一头扎进水里，潜泳十几米，才探出头来。脑袋刚探出水面，就听到脑顶上一阵"嗡嗡"声狂响。一团黑压压的马蜂沿着我潜泳的路线追杀过来，如同轰炸机集群一样。我冒头出来之时，它们俯冲而下，声音之嗡鸣，让我胆战心惊。我一头没入水中，继续潜泳，然后探头吸口气，再潜水，耳朵里，总听到马蜂的"嗡嗡"声。一直追杀到河中心，马蜂杀手们才悻悻然停止了。

　　不知游了多久，才到对岸。

上岸时，我已经浑身酸麻了。

我有被蜂蜇的经验，知道如何消毒。一上岸，我立即捡起别人用剩的肥皂头，泡水后涂抹在马蜂叮咬处，缓解马蜂的毒性。我感觉很不现实，身体正在膨胀，如同被灌进了三桶水一样，胀鼓鼓的，如果照着越来越胀的身体扎一针，水就会流出来。

身体不仅没有消肿，我还发生了过敏症，浑身发红，出了疹子一样的红色，云一样飘过我的身体。

我回不了家，勉强骑着车返回镇上，找在粮油店工作的大姐。

大姐看见我的样子，惊讶地张大嘴巴——大概像西天取经路上，某些路人不小心看见猪八戒的样子。幸运的是，马蜂蜇的不是我的脸，而是后脑勺。要是脸被蜇了，我的眼睛会被挤在一起，无法张开，什么也看不见，嘴巴真会肿得像是猪八戒。

大姐问了原因，带我去镇卫生院。

在我的人生中，这是一件大事。大到我都不敢说出来的程度，于是想尽办法隐藏。你要知道，藏一粒芥子容易，藏一座山难。

我一直想把这座大山藏起来。

现在我知道，内心里的大山，是藏不住的。

我在给小学生讲这个故事时，发现了一个三十年混淆不清的事实，即我上面讲的故事，顺序全都是错的。小学、初中时，我的活动能力在小伙伴中排在末尾。因此，不是我跑得比张红六快，而是他冲在前头，我在后面追赶，并干着急。眼看荔枝就要落入他的魔爪，我急了，说："马蜂！有马蜂！"

他根本不相信，飞快地蹿上树，抓住那颗命中注定的荔枝。不幸的是，我们都没有发现，在这颗荔枝下有一个马蜂窝。

如果我们有足够的理性，一定会疑惑：为什么其他荔枝都被摘掉了，只剩下这颗绝顶美丽的荔枝呢？难道是他们故意设下的一个陷阱？他们发现了马蜂窝，但没有去捅，而留下了这颗荔枝，诱惑我们的欲望。

张红六的手刚刚摸到荔枝，就被马蜂蜇了，掉下树去。

见他掉下去，我不知道是被马蜂蜇的，不仅没有去救助他，反而乘人之危，继续向上，耳朵里听见他大叫："马蜂！马蜂！真有马蜂！"

这都是我杜撰来骗人的，他竟然偷来骗我！哈哈。

终于爬到树梢，抓住那颗荔枝时，才发生上面写到的悲剧。

悲剧，总是在你兴高采烈时来临。

风花雪月酸汤鱼

前几天回家路上为晚餐绞脑汁，讨论讨论，沉思沉思，决定烹鱼。

太太和女儿都喜欢酸汤的鱼。这菜简单，有时用鲴鱼，有时用鲶鱼，有时用鳜鱼，有时用黑鱼……片片，以蛋清、生粉调制备用；切下的鱼骨头油煎，加姜片，加火腿，再加水，大火烧开，中火煮十分钟；然后过滤，上酸菜，慢火炖。

上海人似不喜黑鱼，因此价格便宜。

我做的酸汤鱼不是贵州酸汤鱼，只借其鲜汤思路，不拘泥于酸汤或番茄。是不是正宗，很重要吗？关键是材料要好，味道要纯正。那天太太去菜场，买回来一条黑鱼。她说记得我还剩下一把雪里蕻酸菜，想再吃我做的酸汤鱼。

我说，这把雪里蕻不好，我扔掉了。

可是太太和女儿想吃我做的酸汤的鱼。

我发奇想,把酸菜换了,用一种下面才提到的材料,炖,炖好,白汤清味。上桌,女儿一刻不停地喝汤,说,爸爸,太好喝了。

现在的小孩子吃多见广、挑食苛刻,得到她赞扬简直是令人如在云端,幸福得绵软酥烂。

做菜如做人,材料本质好坏,才是最重要的。

我自己买菜。在菜场里,尽量购买简单、普通、时令、本地产的各种原材料,不追求反季品、舶来品、稀奇品。一般蔬菜经长途运输,保鲜不佳,营养流失,口感粗糙,不如本产地直接到摊位那么新鲜。现在城市中流行自己种菜,亦因人们追求自然、新鲜、营养、安全。如今大城市菜场和超市里,鱼肉蔬菜大多依靠各产地调配,主要是速生的,缺少自然生长时间沉淀。

几年前,我曾撰一文谈红烧肉,似乎说过,红烧肉要好味道,第一肉要好,第二料要正,第三要耐心。

万事万物生长,各有其时。顺时者昌,失时者亡。花草树木能长成什么样子,长多高多大,都是有定数的。一丛灌木,无论你怎么拼命施肥浇水,也不可能长成参天大树,一把韭菜要变成大葱,不亦难乎其难欤?逆时违令的结果,是妖孽层出不穷。烹肉而求快务速,可用高压锅来炖,快则快矣,肉亦稀烂矣,滋味口感却差得远了。饭店里那些事先炖好的红烧肉成品半成品,顾客点菜后再加热的,则连基本的新鲜润泽都谈不上,滋味更是不堪之至。

不同肉食搭配天资各异之香料,这是古人传下的精深智慧。

很多学者认为香料原发中东,六千年前苏美尔人就擅长用各种香料烹制肉食，而文明辗转传承至今，其果实纷呈于世界，后人受惠无穷尽。现在的印度等南亚国家，则是香料输出国。从中东、南亚到欧洲，陆路漫漫，水路迷惘。中古时期，世道纷扰，战局无常，诸雄割据，贼盗四方。坐贾尚可收些差价渔利，行商则需为几百上千倍暴利而冒生命危险。

近代欧洲群雄中先强盛起来的葡萄牙、西班牙等海国热衷于从海路探寻通往东方的道路，主要是不满于陆路交通、贸易被奥斯曼帝国和威尼斯商人控制，并垂涎于其中惊人的暴利。葡萄牙水手最早沿着北非、西非海岸南下，绕过南非好望角，沿着东非大陆海岸线继续航行，渡过脾气古怪的印度洋，率先到达印度，据有果阿等贸易中心，并最终到达亚洲东部，获得澳门等地的控制权。这一切的目的，是为了获取香料和黄金。

也有学者认为，从中世纪前开始，一些秘密远洋探险就暗携着寻找永生泉的隐秘目的。哥伦布到西印度群岛，不仅为了寻找到印度的捷径，还为了找到传说中可让老人恢复青春的不老泉。

香料可以用来烹制美味的肉食，去除鱼肉的膻腥气味，还可以保存食品，提神醒气，强身健体，很多香料亦有药用功效。中古时期的欧洲大部分人以游牧为生，肉食奶品为主，所以香料的需求非常旺盛。那些源源不断地通过中东奥斯曼帝国控制区、经威尼斯商人转运到欧洲各地的香料价格昂贵，非公卿贵贾不能承受，其中的巨大利润更是让人垂涎欲滴。现在欧洲已经完全理顺和控制了香料的生产和贸易，在欧洲的超市里，专门摆放香料的架子上，真是种类繁多，琳琅满目之至。如我这般等闲之辈，无由得知这些香料的生长、生产、运输、贸易的复杂路线，但商品贸易的背后，总藏着极其丰富的文化信息。

中国古代对香料的需求也很高。文献记载，商代即已对现在四川、湖南、贵州、云南等地及越南、缅甸的香茅等各类贡品有明确的分类需求。

而唐代为古之盛世，对舶来品的渴望尤为炽热，这种欲求导致当时所知道的全世界范围内的各种奇珍异品，从陆路海路纷至沓来。

有个母亲从女儿小时便大有志向，让她每天服食特制香料食品，每天严格沐浴熏香。绝世美女服食着香料长大成人，变为令世人无限追慕的香妃。

又有一种来自西域的天青石，据说佩戴在身上，能让人诗才横溢，连笨蛋都会变成天才。

凡此种种，都写在美国汉学家薛爱华的巨著《唐代的外来文明》里。这本书本名《撒马尔罕的金桃》，我尤其珍爱，新旧版本兼收，一有空就会拿出来翻，迷醉在里面写的各种神异事物中。合上书页，畅想这本书写到的"撒马尔罕的金桃"，即感到神思恍惚，如梦如幻。一个时代的繁华和幽思，穿越千年时事，缭绕不绝。

在厨房里，你能跟这个世界与你最亲密、最隐秘的事物丝丝接触。你知道，哪一种香料是为哪一些肉食去腥的，哪一些香料可以提升食物的香味。你也会知道，一种美妙的味觉经验会让你和妻子、孩子产生其乐融融的美好情感。我觉得，给女儿读书，于诗文中生发愉悦，是一种美好的感受；给全家人烹调美食，分享餐桌的愉悦，又是另一种人生的乐趣。

此前我一般都用四川酸菜或潮州酸菜来做鱼，但这两种酸菜在上海不易觅得正宗货，我总觉得泡在黑色大塑料桶里的那些东西有些不洁。

那天，因为疏漏而偶发奇想，我决定改用鲜腌榨菜头来做酸汤鱼。

榨菜算得上是国产特品，据说很多留学生出去，背包里悄悄带着几十包榨菜，生怕吃不惯国外腻食。我们全家人都无此癖好，而是入乡随俗，逛到哪里吃到哪里。小女生照样和我们一起，点上一壶咖啡，小口吃芝士蛋糕。世界之大，水土风俗各异，自然会出产最适合当地的食料。一个人如果拘泥于少时的滋味而排斥异类，会丧失很多精妙的新感受和新经验，也很难真正敞开自己，和世界不同文化接触、交流。

鲜腌榨菜头相对来说比较新鲜、干净，冲洗切片后，放入烧开的黑鱼汤里一起中火炖煮，耐心等待半个小时，功到自然成，香味杳然升腾。

酸味呢，从哪里来？

忘记说了，我后来改用一种特制的酸椒。

朱雀城的风雅人物

在草地上打滚，是孩子们最爱干的事情之一。

如果一个九十岁老头在草地上打滚，那就是怪事了。

小时在乡下，小伙伴们最爱在草地上打滚，在沙地上打滚，在黄泥地上打滚。

打滚是一种幸福运动，有益于身体，技术要求不高，但完成后愉悦度很高。

我做放牛娃时，知道水牛也爱打滚。吃草，散步，在南方炽阳下眯眼，水牛低着头，晃着角，摇着尾巴赶牛虻。水牛顾名思义爱水，见了水潭眼冒精光，恨不得立即扑进里头打滚。水牛皮粗肉厚，生性持重，但看见水潭就内心波澜起伏，小步跑起来了。

水牛打滚没人类那么多讲究，但也决心把自己的黑皮肤裹上一层厚黄泥，然后再滚，裹上另一层厚厚的黄泥浆。滚到身上的黄泥巴，闷热午风一吹，就干了，结在牛身上，如同插瓦，厚厚一层接一层。既防牛虻，又消酷暑，还能解痒，有一举三得之妙。

我读黄永玉先生《无愁河的浪荡汉子》，觉得像是回到了朱雀故里、雷州半岛家乡。实际距离还挺远，而且湘西一带还是荆楚文化，跟南越古老交广文化差别很大。

虽然黄永玉先生把故乡称作"朱雀城"，但美国汉学家薛爱华教授在其名作《朱雀：唐代的南方意象》里指出，朱雀的真正原乡，在我的老家雷州半岛及交趾一带。

湘西地处各类文化交汇边界，多民族杂居，南北熏染，心性颇为柔软，富有弹性，地僻心不偏。有见识的前辈并不强留青年，反而驱使他们离开朱雀城，去广阔天地游一游、闯一闯，磊落性情，快意人生。

黄永玉先生不是那种久泡文坛染缸之人，语言保持了新鲜感，叮叮当当，弹性十足，咀嚼再三，味道愈隽。我知道这是当代最好的中文。

朱雀城，从太婆到爷爷、父亲、学堂先生，个个都是妙人。我老家也有类似妙人，但妙得不够纯粹。一个妙人，要诵得诗书，骂得圣人。"寻章摘句"老雕虫，只顾在书中爬行，一不小心被句读夹住，进退失据，如风箱老鼠，那是笨人、蠢人，不妙。

在严肃之所撒个欢，通俗雅致，恰到好处，是妙人所为。太婆九十五岁高龄，眼睛看不见了，仍是极品妙人。她深通诗文，填词作赋是老本行，言语间有无限可能，非常有趣而又婉转其妙。

儿子衣锦荣归，大摆宴席，遍请朱雀城各路妙人来家里做客时，太婆出来，受到各路豪杰膜拜，有人恭请太婆作词一阕，以光乡宴。

太婆说，老了，作不动词了，"诗词这东西，老年人激越不得"。她丢了个问题："我们这块院坝很宽，长了好多花树，来的客人从花树底下经过，请问从门口到堂前的这条花树下石板小路古时候叫作什么？"

在座很多朱雀城舞文之辈，不乏自命不凡者，却被这个问题难倒了。脑子里过了一遍魏晋唐宋，不得其解，只好请教太婆。

"陈！耳东陈的'陈'。"太婆说，"《小雅·何人斯》里'胡逝我陈'，说的就是这个意思。《尔雅》也说，'堂途谓之陈'，'堂下至门径也'。陈列，陈列，就是从门口至堂前这条路上的欢迎仪式。"

清晰，明了，权威。

太婆是古雅人，学问深，胸襟阔。北京当官的儿子返乡，她吩咐儿子的大儿子幼麟、儿子的二儿子紫和都去"迎驾"。"狗狗妈"报说，紫和喝多了，醉在蛮寨学堂回不来，听说在唱歌。

小辈们紧张了，说："那爹回来晓得了怎么办？"

太婆说："'天意怜幽草，君当恕醉人'！喝酒的事，紫和是老人家真传，没有哪样好责备的罢。"

朱雀城化外之地，强盗少不了，匪兵偶尔出没，锻炼得镇民及周边苗民都彪悍能战。苗民不必说，小小主人公序子也从小练武，擅长用脚在人家裆下一插，一推，绊人一跤。

序子两个月大时，爷爷从北京回来，见到这个长孙，当着全家人说，这孩子，"近乎丑"！

非不好看，不是丑陋，而是"近乎丑"，意味很丰富。

文中写道："孩子肿眼泡，扁鼻子，嘴大，凸脑门，扇风耳，幸好长得胖，一胖遮百丑。"

这段话节奏紧促，活灵活现。语言味道在此，值得细品。

黄永玉先生运用语言，不仅节奏好，耐嚼，状物写景活灵活现，还善于铺垫。如写序子父亲率领学校好朋友去城外凉水洞迎接父亲，在吊脚楼的廖老板那里碰到了"内老板"，竟然是隐士般的厨界高人：

> 几样菜都弄得潇洒，利索，不拖泥带水。……腊肉薄得像片片明瓦，金黄脆嫩，厚薄得宜，跟油绿绿的蒜苗拌在一起卷进口里，稍加嚼动，简直是一嘴的融洽。

"一嘴的融洽"这个说法，很妙，很准，得真味，如同就在吃着。

就一个"腊肉炒蒜苗"嘛，写得这样津津有味，还意犹未尽，继续泼墨：

> 名分上是腊肉炒蒜苗，实际文章做在一大把干辣子和刚下树的、嫩嫣嫣的花椒珠子上。干辣子下锅，最忌大火，猛不留神辣椒变成焦黑，与炭为伍，全局玩完。要的

是那股扑鼻酥香，而这点颜色火候却来之不易。刚摘下的花椒，油锅里汆过，齿缝里一扣，"啵"的一声纷纷流出小滴小滴喷香的花椒油来。一匙糯米甜酒能提高腌类的醇馥神秘感，且中和腊肉中偶尔出现的"哈"味。若要炒菜疏落有致可用酱油；增加凝聚力就非黄酱不可。回锅肉、炒腊肉片宜用黄酱。要诀在于懂得分而治之的方法。小火温油，进蒜茸，进辣椒干、鲜花椒。蒜茸见黄，起锅。另小火温油，进腊肉片，进蒜苗同炒；加大火，翻炒一分钟，进干辣椒、鲜花椒、黄酱、糯米甜酒，倒在一起翻两三下起锅。

精于美食勾当的资深"吃货"，才写得出这般精致妙语。一看就明白了，是好菜。"分而治之"写得清楚，照这个料理一番，你也能复原纯味湘西菜。

黄永玉先生语言考究，看着不动声色，自然而然，味道就在这里，在很多细节里。语言自然准确最难，矫情做作大发感想最容易。要色香味俱备，浓淡得宜，你必须细读，才能体会其中厚味。

黄永玉先生在《我的文学生涯》里说：

> 平日不欣赏发馊的"传统成语"，更讨厌邪恶的"现代成语"。它麻木观感，了无生趣。文学上我依靠永不枯竭的、古老的故乡思维。

这句话，写作者应该时时在脑袋里翻炒。好文字，活色生香地妙。不是绝对不用成语，而要谨慎，要准确、自然、妥帖、得趣。

幼麟和学堂里的好朋友碰上了廖老板这么妙的"内当家"，简直飞扬情思，不断进酒不断国事天下事加诗词歌赋，倍添了浓浓酒意。喝了很久，不见老大人大驾。派小屁孩喜喜去打听，说"爷爷"早就回家了，这边惊叫"嗬，了不得！""酒筵登时完蛋"。

赶回家，幼麟感到有些懊恼，"爷爷"从眼镜框上头瞥了他一眼："唔……你们两兄弟真有意思啊。"为什么没有接到呢？矮子老二说："轿子过山，在凉水井的时候我认得三舅跟学堂的先生的嗓子，报送家公，要不要喊一声？家公讲'不要扫兴！'我们就进城了。"

"爷爷"那么一个威严的京官，不愿扫儿子和朋友们的兴，悄悄进城，可以见得，也是一个妙人。太婆、爷爷是妙人，两个儿子幼麟、紫和，一个爱谈天，一个爱喝酒，也都是妙人。环境影响人，序子不可能不是妙人。

连威震西南的湘西王陈渠珍也是个大妙人。他撰有一本文言文的《艽野尘梦》，写自己参加川军，随年已七十的大帅赵尔丰进军西藏作战而九死一生的事迹，文字非一般地坚如磐石。威风老帅、湘西保护神，对小孩子、对"冬烘先生"，却都很友善。

这湘西边城，地僻人不陋，都是妙人，各人谈吐比较怪异，但也各有异趣，十分衬得住神妙的朱雀城，衬得出有趣的吊脚楼饭馆和高深莫测的"内老板"。

　　黄永玉先生不完全是序子，序子就完全是他。序子老爹很妙、很宽容，会给孩子大老远从上海订阅漫画等杂志，让孩子在极其偏远的湘西，也能接触到最现代的上海文化气息。在这个"玄之又玄，众妙之所"的朱雀长大，必须有深深的"妙趣"。

　　黄永玉先生呢，就是本文一开头就说的，会就着草地打滚的老头，九十岁了，身手敏捷，非常奇妙。

　　他写《比我老的老头》，钱锺书、沈从文、林风眠、李可染等。

　　在《我少年、青年、中年、暮年心中的张乐平》末尾，他说："一梦醒来，我竟然也七十多了！他妈的，谁把我的时光偷了？"

　　"他妈的"用得好。但，你我用了，却未必好。得是妙人、趣人，才用得转。

黄永玉的妙人妙趣

妙世界

关于黄永玉先生的妙作，我打算专门谈一个字，就叫"妙"。

黄永玉先生，他会说"有一个人长得很妙"。

我们会说"这个人很美，很可爱"，或者说"帅呆"等等，可是很少人会说一个人"长得很妙"。

但"妙"到底是长成什么样子的？你可以想很多。我觉得，妙人辈出的时代，有些人会长得很妙；呆人辈出的时代，有些人会长得很呆。所以，"妙"——这一个字在当时的安溪，应该是一个非常精妙的归纳——就是，安溪妙人辈出，到处都是很妙的事情，随便碰到一个人也很妙。

这样的一个妙世界，对独自一人来到厦门集美学校读书的十二岁孩子的成长很有帮助。过了大概不到一年，仅仅半年，因日寇入侵，黄永玉又随校迁到安溪。

这个孩子正在展开他个人独特的人生，整个世界在徐徐地向他吐露那些之前不知道的秘密。

我觉得在这样的一个时机，"来到一个很妙的世界"，是非常重要的。

我近些年跨界研究了一些教育问题，觉得教育的问题很多，这些问题大多是故意把教育复杂化而产生的。例如，我们今天所有的学校建筑，都不如安溪文庙建得合理。

研讨会发言的时候，我就真的讲了："哎，我们的学校应该建成这个样子才好。文庙的建筑形态更符合学习的特点，也更适合人的状态。"

但是，今天我们不能真的这样做了，很遗憾。可当时的集美学校因为处在一个特殊的时期，又搬迁到了很妙的安溪，成了一个非常理想化的学校。简单地讲，它是回到了人类最原初的一个理想化教育状态。

特殊的历史原因使得这所学校来了很多神奇的老师——本地的老师，以及各地因种种原因半途出现的神奇老师。学生呢？也不仅仅是安溪的或厦门的，还有一帮像尤贤、蔡金火这样的华侨子弟。小说里甚至写到，学生中有一个黑人。那个学生长得很像黑人，却硬说自己是华人。这么一个人，我忘了叫什么名字了。

你看，搬到了安溪的集美学校，实际是一个很国际范儿的学校，学生和老师都是来自全国乃至全世界的，气息完全不同。这样形形色色的人构成了一个其实是理想化的学习环境，不再是一个我们今天所理解的学校形态。

大家会说，黄永玉先生的考试成绩很差。但是，他的写作分数都很高。在这样一个状态下，我们会想，他能成为"黄永玉"，我也能成为什么人。

但你可能会表错情，黄永玉当时的学习环境跟现在真的不一样。

黄永玉留级了三次，半年留级一次，似乎是个糟糕的学生。但是，他只是不爱上那些无聊的课，他有自己的读书热情。他无限向往混进二姊掌管的学校图书馆，偷偷借各种各样的书去读。

少年黄永玉不爱上课，他爱读书。

书里一开始就提到，他借了安溪当地大人物、清康熙朝大官李光地的两本书，《榕村集》和《续榕村集》。这样的书本来是不适合一个十二三岁的孩子读的，但他就这么乱读。当时，他涉猎极广，什么都读，还不受过分干扰，这样的阅读状态是理想化的。今天你不可能！你做作业都做死了！这个，不是我也考三十分就可以成为黄永玉的。

我还考二十三分呢，我比他还少好几分，但我也没有成为黄永玉先生。

当然，我只能成为我自己。

重新回到这里，我们会看到，黄永玉在抗战中的一个特殊学校学习，所得简直是太大了——那时的集美学校，跟西南联大真有很相似的地方，人文荟萃，活性很大，可以包容很多东西。

老师呢？也有点活宝。一位老师受不了同室住着的另一位老师，就把对方揍了，接着辞职。还有很多其他奇奇怪怪的老师，虽然各有怪癖，但除了一位，大多对孩子很好。

那么所有这一切，凝聚在安溪中间的是什么东西呢？在少年黄永玉闯江湖的这个时代，他就好像"中华小骚年"，从湘西朱雀城来到了福建厦门，又来到安溪，是从自己熟悉的故乡到了一个陌生的外乡。这在经典作品里，是很让人恐惧的。

在他经历的江湖、面临的世界还有待展开的时候，他遇到的恰恰是一个善展开的世界，不是恶展开的世界。

在小说里，可以看到黄永玉虽然还小，但他善结人缘，有很多死党。这些死党呢，有时候还彼此打架，打得头破血流。但是，他们离开了之后，还写信给他，痛哭流涕。

那个蔡金火写了一封信给他，流泪还不承认，说"我其实不是流泪"。然后，另一死党尤贤还注一下："他其实真的是流泪，想着你。"等等。就这样善结所有的人缘。

所以，我想黄永玉先生是一个很受人喜爱、有很多小伙伴的小英雄。如在乱世，他很有可能是一个绿林好汉，做个大首领，揭竿而起，应者云集，攻城掠寨。在中国的文化中是有一类这样的神人、特别有意思的人，会很多东西，各种能量汇聚在他身上。

我们今天谈教育，是在谈我们所面临的未来、所能够重现的一个特殊的场景。而这个场景，我们在研究的时候，回到教育本质，可能是要差异化，而不是共性化、模式化。

如今的学生都是一样，用一个模子刻出来，你分数高，你就是好学生！你好不好都是按照你的考试成绩来定的，你的语文、你的数学决定你是不是一个好学生。

恰恰黄永玉先生，他通过非分数认定的等级跳出来，像孙悟空一样！我喜爱黄永玉的少年形象，他就是一个不服管的石猴孙悟空。他从石头城朱雀蹦出来，然后，到处都有菩提老祖在他脑袋上敲。

敲了三下之后，这小哥们儿还跑得飞快。去借书也好，去一个老师那里也好，甚至尤贤买了个洗脚盆，让他去送给一个老师，也跑得飞快。跑到那去，感觉他很有功劳似的。

这样的一个状态，真的是自由自在的原生态。我们不一定能回到那个状态，但是可以重新去思考这样一些问题：一个人如何能够按照上帝给他的天赋去长成自己？

我觉得这是一个很大的命题！我简单地谈教育本身，谈黄永玉的个人成长，其中有很多值得我们继续挖掘的地方。

我最后还要强调，黄永玉先生是善结人缘，而那也是一片善的土地。不管他是在安溪、在厦门，还是在泉州，那都是个善推演的世界，而不是恶叙事的世界。

我们今天恰恰可能碰到很多恶叙事，这恰恰需要我们更多地去反思！

樱桃萋萋与色马少年

我一直想要为樱桃写一篇文章。

我不打算歌颂樱桃。写樱桃，是想写人。写人之前，先写上树。

我从小爱爬树，上大学时，仍然恶习不改。我做过苑草小说社社长，成天和一帮死党呼啸树林，来往河畔，高声谈笑，旁若无人。喝醉酒了，就上树。

可惜不是樱桃树，不然就切题啦。

但我也不必硬切，上上梧桐树也好，总之还是树。

我对上海的行道树从无好感。我总认为，身为一棵树，如果不能开花结果让我们食用，这棵树是没有什么价值的。何况，上海最常见的梧桐树和香樟树也不是什么名贵树种。据说香樟还有点用，可以锯下来做樟木箱子，防虫。但梧桐树呢？好吧，梧桐树能有什么用？自然，在行道上，可以遮阴，可以蔽日，带来一点点清凉。

但是，梧桐树，春天飞絮，秋天落叶，多么地让人烦恼啊。一年四季，梧桐树忙得要死。

如果你是上海人，还热爱文艺，最好要说法国梧桐，不，要简称"法桐"。说"法桐"，这才味道正宗。你说"双球悬铃木"，一个白眼翻过来，前滚翻，后空翻。

我要问的是，你就不能种一些樱桃树、苹果树、枇杷树、桃子树吗？春天也开花，夏天也结果，结果了我们都可以爬树，为祖国锻炼身体；可以摘来吃，让人民吃饱充饥。

我们班有个上海同学金磊用普通话说："侬戆不拉，种桃子种枇杷，真的果子熟了，不要有人去抢吗？抢到了倒蛮好，抢不到还摔下来跌死了那就太不格算啦。"

好吧，就种法桐，服了你了。

马拉车子的，种棵果树还这么叽叽歪歪。

后来金磊同学进了市农委，继续贯彻不种果树的政策，以致上海的街头，一直找不到桃子。孙悟空，有一天我忧伤地说，是不可能来上海出差的，为什么？没有桃子。

这种拿腔捏调说话的恶习，是那个时代文艺青年特有的，你们千万别嫌弃。那时我们嘴里基本都是弗兰兹·卡夫卡、詹姆斯·乔伊斯、马塞尔·普鲁斯特、威廉·福克纳、阿兰·罗伯-格里耶、豪尔赫·博尔赫斯、加西亚·马尔克斯这号的，每个人的名字前面都加个姓，或者，姓前面都加个名，表示我们是正宗的文艺青年，如地下党接头暗号，如假包换。如果有人仅仅说"博尔赫斯"四个字，我们会立即警惕地耸起耳朵，如同房顶上的猫。

是的，识别出一个间谍、一个伪文青，值得去前门曹家巷大喝一杯。

当时很多伪文青流窜大江南北，嘴里只要能准确流利地说出其中的一些名字，尤其还能讲讲他们的代表作中的情节，甚至如果能背诵《百年孤独》的开头，那么，我们一拍肩膀，说，走，哥们儿，前门！如果你能说出《都柏林人》或者《尤利西斯》的片段，那么，后门！

说老实话，詹姆斯·乔伊斯的《尤利西斯》我至今只读过萧乾和文洁若两位先生的合译本，金隄先生的译本我也有，但没有读完。

我读过金隄先生翻译的两章，是选在《外国现代派作品选》里的，其中有一章，讲主人公吃羊腰子。

古今中外，人类无事，无非是吃。

好吧，你说出来了，你是我们的人。

也能说说跟谁谁是朋友，跟谁谁认识，比如跟宋琳、格非，那更是暗号照旧了。然后，去各个宿舍流窜，找死党一起结伙呼啸。

有一次，吃饱喝足，我们隔壁同学的床铺还被北方来的一个自称诗人的大胡子睡了一晚，第二天跟宋琳说起，他沉思片刻，很权威地说：“没有啊，不认识。”

妈的，又是一个骗子。

那时候，打着诗歌旗号的骗子，比现在推销保险的还多，而且，往往还能成功。我认识一个外语系皮肤黑黑的性感女生，还跟某自称的诗人同居了。真是让人痛不欲生啊。

树也暂时不上了，让我们谈谈啤酒。那时流行的啤酒是光明牌、千岛湖和力波，最合适的配菜是爆炒螺蛳，再加一碟花生米。

我上大学时，父亲的生意尚未败落，每月生活费有近两百元巨款，吃喝玩乐完全不用愁，一副富二代的吊儿郎当样。可惜当时开窍晚，情商低，浪费了这么多银子炮弹，竟然不懂得去把妹。

后来，好些女同学都回忆说，当时我像蝴蝶一样飞来飞去，各个枝头站立，还以为我早就泡妞泡到了药酒，早就是采花大盗了呢。

我很遗憾，被如此歪曲诽谤，而又不好反击。

总之，你总不能把自己塑造成一个清纯少年吧，那不是我们这一代人的志向。我的最大梦想，是把自己塑造成一个坏蛋、流氓，甚至，色马。

我要写一首诗，《骑着色马的少年》。

但是我一直都没有写出来。

一个"色马少年"，应当是怎样的？我不知道。

不如浮一大白。

说白话吧，不如一醉。

如果与夏雨诗社的社长在一起喝醉，他可能会跟女服务员胡说八道，我也会与女服务员胡说八道。然后，穿越中山北路，我们回到校园，开始唱歌。在我上大学时，正好赶上张艺谋导演的《红高粱》风行天下，我们天天唱"妹妹你大胆地往前走——哇！往

前——嗯——走！莫回啊头欧！"我一个人也没胆子唱，要扎堆，
要成群结伙。现在我明白了，小流氓都是胆小鬼，不成群结伙，根
本就是个熊包。有一次我不小心追着一个长辫子女生唱这首歌，结
果发现是同班某同学。她铜铃般的眼睛瞪了我一下，羚羊般的身体
一扭，麻绳般的大辫子一甩，转过身来。

我落荒而逃。

我这一生因为女生瞪了一眼就落荒而逃的事情不多，就两次。

但是对我打击太大，让我误以为一生都在落荒而逃。

当时我们的怪异行状确实很怪异，我们年级很多妹子啊，为何
我们不跟她们胡说八道？我们又不是 togayther！

乡村孩子进城的天然自卑感，是伴生的吧？

来到城市近三十年，一个色马少年变成了色马中年，或者鬼马
中年，我除了身体发胖，还算是有点保持本色。但保持本色有什么
意思？意味着你不与时俱进，你没有进入这个社会大染缸，没把自
己的头发染白，成为一个成熟、稳重的中年、桃子。

你还想爬树，你不是想脑袋朝下一个猛子扎进水里，你只是在
爬梦中的这棵树。

你知道，樱桃是一种古代的树种，在唐朝，贵族们就发明了用
乳酪泡樱桃吃。

唐传奇《昆仑奴》里，一个小白脸崔生奉命去拜见一品大官，
那大官家里歌姬无数，其中一个穿红衣服的红绡女，把樱桃剥去
核，装了一碗，浇上乳酪，捧给崔生。

红绡女漂亮，风情万种，两眼如同激光，穿透历史和未来。

崔生不敢直视，也不敢端碗。

红绡女用一把金匙，挖了一颗红红的樱桃，硬喂给崔生吃了。

从此，世界上又多了一笔风流债。

但我们现在哪里有那么讲究？号称贵族的一帮土豪，也不过是用玛莎拉蒂泡妞撸串罢了。

阅读滋味

盒饭吃腻了，去买了萝卜牛杂。

小店叫"港嘢"，好味道。与我正在校对的滕肖澜中篇小说《在维港看落日》，气息很配。

作为一个文学编辑，这就是我的日常生活。作为一个关心教育、热爱语文的父亲，和各地语文老师交流语文教育、专业或非专业的阅读构成了我的生活主调。

"阅读"这个词，连在一起大家都心领神会，但可能很少有人会去研究"阅"与"读"的差别。

查一下字典就会知道，"阅"本意是在"门"里清点、盘查，延伸为察看、检视、阅历。这意味着"阅"是需要运用经验去思考并理解的。

而"读"有两个本意。一个念 dòu，所谓"句读之不知，惑之不解"，指连基本的断句还做不到，哪里能"解惑"呢？韩愈名篇

《师说》里的这句话可以作为"阅读"的一种解释。古书没有标点符号，学生们首先要学会断句，知道哪里停顿、分节，才能准确地理解文章内容。

另一个音为 dú——读书是要发出声音的，要朗读，就是这个"读"。"默读"虽不出声，但要求跟"朗读"差不多，是认认真真、字词句段都比较清晰地无声读出。

我刚开始做编辑时，老前辈要求看稿子尽量"读"，这样在编稿时更容易发现文中可能出现的错误。中文母语有独特的音节和韵律，在"读"中能更好地体会。语言文字构成篇章，由作家长期积淀而成，他们对每一个字的意义、每一个词的音节，都有很深的理解，因此，运用起来有强烈的节奏感。虽然随着时代的变化，古代诗、词、歌、赋的严格押韵规则被突破，但自由体文言文读起来仍然朗朗上口。这种韵节强烈的中文母语，更容易诵、读、记、忆。

回想自己童年的阅读经验，在市集读书的情景总是与牛杂的香味一同涌来。也许，对我来说，阅读的滋味就是这样活色生香。

我在默默无闻的坡脊镇出生，在小如芥草的龙平小学开始读书生涯。坡脊只有一条黄泥街，平时闲得连狗都无精打采，每逢一、四、七赶集日，却人山人海，热闹非凡。赶集日是我大显身手的时刻，我会摆开一个大大的小人书摊：《三国演义》《水浒传》《西游记》等成套连环画，《智取威虎山》《林海雪原》《地道战》《地雷战》等红色经典……整个镇十几户人家，只有我家藏有如此丰富的小人书。每次我会挑几十本，一部分摆在竹篾席子上，一部分插在竹篾架子上，然后坐在小板凳上当老板。两分钱看一本小人书，明码标价，童叟无欺。

各村父母们带着孩子大老远来赶集，把小家伙扔在我摊前看书，又有趣又安全。小屁孩都有一角钱，可以看五本小人书。有些小滑头故意看得慢，一页纸翻来覆去看，嘴角咧开傻笑，一本书看个没玩，一角钱五本可以看上大半天。

隔着几个摊位，是令人牵肠挂肚的牛杂摊。在一个一米多口径的大铁锅里，油汪汪、香喷喷、浓酽酽的沸汤翻滚，牛头、牛蹄、牛筋、牛肝、牛肺、牛肠，老牛身上各种坚韧不拔的边角材料先煮个半熟，用利刃薄薄地片下，倒在大锅里，加上八角、胡椒、桂皮、生姜等各种香料，大火滚煮，小火慢炖，从凌晨开始就飘香缭绕，让人馋得涎水滴答。一角五分一碗，热腾腾撒上葱花，喝了眼泪汪汪，什么也不想。

我看着小人书摊，表面上看似稳坐钓鱼台，但全身心都被牛杂汤调动了。为了剿灭造反的馋虫，我强忍着跳起来奔过去的冲动，低眉帖耳，很专业地解答不同小屁孩提出的业余问题，如哪本书好看，哪本书适合他看，哪本书精彩，哪本书好玩。这些小人书我都看得滚瓜烂熟，说起来头头是道，不由得小屁孩们不信服。我观察仔细，判断清晰，给小屁孩荐书这种事情手到擒来。

自有大姐姐善解人意，穿着碎花衣服，扎着麻花小辫，在我几乎要丧失抵抗力之前，端着一碗油汪汪、滚烫烫的牛杂汤送过来，挽救了我的情操和立场。

从早上到下午，我摆小人书摊可以赚到五六元人民币。那个时代，这是一笔真正的巨款。每隔半个月，父亲都会给我三四块钱，让我搭乘三站慢车去县城南街书店。这个书店如此古老，似乎是"旧社会"就传下来的，甚至像从盘古开天地时就开始了租借图书的生意。我一早到县城，买根油条，喝碗豆腐花，一整天都泡在书店里，哪里也不去。老板连租带卖，一般图书都有备货，我看到了喜欢的书也会买下来，收获大大的，搭乘晚班火车回家。

阅读带来的快乐伴随着三十多年时间的流淌，越发晶莹剔透。童年牛杂汤的香气穿越到了二〇一五年，弥漫在我的所有阅读记忆中。这种复杂的味道，只有身在其中，才能体会。

图书在版编目(CIP)数据

野地里来,野地里长/叶开著.—桂林:广西师范大学
出版社,2019.1
ISBN 978 - 7 - 5598 - 1060 - 1

Ⅰ.①野… Ⅱ.①叶… Ⅲ.①散文集-中国-当代
Ⅳ.①I267

中国版本图书馆 CIP 数据核字(2018)第 159961 号

出 品 人:刘广汉
策划编辑:郭 桴
责任编辑:刘孝霞
助理编辑:宋书晔
装帧设计:李婷婷
版式设计:王鸣豪

广西师范大学出版社出版发行

(广西桂林市五里店路9号 邮政编码:541004)
(网址:http://www.bbtpress.com)

出版人:张艺兵
全国新华书店经销
销售热线:021 - 65200318 021 - 31260822 - 898
山东鸿君杰文化发展有限公司印刷
(山东省淄博市桓台县寿济路 13188 号 邮政编码:256401)
开本:890mm × 1 240mm 1/32
印张:9.125 字数:186 千字
2019 年 1 月第 1 版 2019 年 1 月第 1 次印刷
定价:48.00 元